KB104080

작가가
사랑한
여행

작가가
사랑한
여행

한은형
조경란
이신조
박후기
백영옥
황희연
김경주
심윤경
김민정
함정임

열림원

차 례

일본 홋카이도

겨울에 당신과 저는 무엇을 하고 있을까요

한은형   **09**

제가 상상하는 북국은
뾰족하지만 부드러운 나무가 있고,
고립되어 있으나 고독하지 않고,
연인의 키만큼 눈이 쌓이나 춥지 않은 곳.
형용모순의 세계입니다.
당신을 만나기 전의 일입니다.

남아프리카공화국 더반, 케이프타운

시아봉가, 인생

조경란   **27**

더 멀고 희귀한 곳에 가지 않아도 좋았다.
나는 그 순간 아프리카 안에 있었으니까.
어쩌면 내 생애 다시 오지 않을.
이 글을 쓰고 있는 순간,
내가 꾀꼬리처럼 바구니 안에 잡아둔
잠시 멈추고 있는 시간.

베트남 하노이

다른 어딘가에 있다는 것

이신조   **49**

그들은 베트남에 다다랐지만,
끝내 베트남에 다다르지 못했다.
그리고 그들은 모두 사라졌다.
나는 내가 오래전
연필로 밑줄을 쳐둔 문장들을
낯선 기분으로 바라보다
잠이 들었다.

이탈리아 돌로미티

달의 뒤편을 찾아서

박 후 기   **69**

한두 달 정도 머물 수만 있다면,
도시이든 사람이든
서로 이상적인 시간이 될 수도 있겠다는
생각을 하다가 이내 지워버린다.
여행지에서 죽을 수는 있어도
여행지에서 살 수는 없는 것이기
때문이다.

일본 교토 / 베트남 호찌민, 달랏

겨울의 교토에서
여름의 달랏을
생각하다

백 영 옥   **87**

이 소설을 제대로
끝낼 수 없을 것 같다는 절망감은
하루도 빠지지 않고 이어졌다.
일단 시작하면 끝낼 수 있는 글이
쓰고 싶어졌다.
그것이 일기라고 해도 상관은 없었다.
그렇게 일본을 여행하면서
조금씩 글을 쓰기 시작했다.

러시아 크라스키노, 인도양 모리셔스, 세이셸

귀중한
지상의 방 한 칸

황 희 연   **117**

유목민의 피를 돌게 만드는 것은
귀중한 '지상의 방 한 칸'이다.
차이 한 잔으로 몸을 따뜻하게
녹일 수 있는 이 시간, 이 공간이
정말 소중하고 행복하다.

리투아니아 빌뉴스, 드루스키닌카이

시詩의 뜨거운
노스탤지어

김 경 주   **135**

도무지 사건이라고는
일어날 것 같지 않은
평온하고 온유한 공기의 질감은
여행자의 불안, 여독, 귀소본능을
잠시 마비시킨다.

미국 플로리다 주, 키웨스트 섬

모순의 라임꽃 만발한
헤밍웨이의 집

심 윤 경   **151**

수십 마리 고양이가 소리 없이 거니는
화사한 라틴 풍 저택에서
그는 죽음을 써내려갔다
고양이가 불어나듯 삶이 불어나고
애도 또한 불어나는 것

스페인 바르셀로나, 마드리드, 그라나다

여행의 기본은
역시 싸는 일!

김 민 정   **165**

해석할 수 없어
더 글자 같던 활자들을 밀어내고
대신 행간 사이사이를
내 안에서 새로이 빚어져 나오는 말로
채워나가는 묘한 경험,
그렇게 나는 단숨에 시 한 편을 썼다.

페루 안데스 마추픽추

모든 것은
태양으로 향한다

함 정 임   **183**

나는 한때 거기 살았던 자들의 말소리,
발소리, 웃음소리를 듣고 있었다.
그들의 목마름, 그들의 배고픔,
그들의 갈망을 달래주던 시원한 물줄기,
그들의 얼굴을 비췄던 싱그러운 햇빛……
다들 어디로 간 것일까.
나만 덩그러니 남아 있었다.

· 추천의 글

분홍색 참외를 상상한다
콧등이 환해진다

어 수 웅   **202**

일본: 홋카이도

겨울에 당신과 저는
무엇을 하고 있을까요

—

한은형

제가 상상하는 북국은
뾰족하지만 부드러운 나무가 있고,
고립되어 있으나 고독하지 않고,
연인의 키만큼 눈이 쌓이나 춥지 않은 곳.
형용모순의 세계입니다.
당신을 만나기 전의 일입니다.

저란 사람은 어쩔 수가 없나 봅니다. 짐을 싸야 하는데 책 같은 거나 뒤적이고 있다니요. 일본에 가게 되면 읽자고 미뤄뒀던 책을 꺼냈습니다. 이런 문장이 있는 책입니다.

그리하여 일본을 다시 마음속에 불러내자
사랑하는 여인의 젖가슴을 쓰다듬기라도 하듯이
나의 두 손이 바르르 떨린다.

한숨을 쉬면서 저 문장을 노려봅니다. 저런 문장은 여자인 저로서는 쓸 수가 없는 것입니다. '여인' 대신 '남자'나 '사내'를 넣을 수는 있겠죠. 하지만 무슨 수로 '젖가슴'을 대체할 만한 단어를 찾을 수 있을까요?

당신께서 좋아한다고 하신 적이 있는 책을 쓴 사람의 글입니다. 니코스 카잔차키스. 저는 아직 그 소설을 좋아하지 못하고 있습니다. 뜨겁고, 끈적끈적하고, 숨이 막혀서⋯⋯ 저로서는 힘이 들었습니다. 하지만 이 남자가 쓴 산문들은 대책 없이 좋아요. 카잔차키스의 『일본·중국 기행』입니다.

그런데, 문제가 생겼습니다. 도쿄는 물론이고 고베, 오사카, 나라, 교토, 가마쿠라까지 있는데 홋카이도는 어디에도 없습니다. 써주지 않았습니다. 하긴, 일본 사람들도 홋카이도를 여행하기 시작한 게 그리 오래되지 않았으니까요. 아이누가 살아서 '에조치'로 불리던 곳, 일본이지만 일본 같지 않은 곳.

카잔차키스가 일본을 여행한 것은 1935년이니까요.

제게는 이곳에 대한 오랜 공상 같은 게 있었습니다.
"홋카이도에 가지 않을래요?"라는 말은 그래서
비현실적이었습니다. 많고 많은 곳 중에 홋카이도라니. 나의
북국(北國). 저는 북국에 대한 공상을 누구에게도 말한 적이
없었으니까요. 복잡한 기분이었습니다. 말하자면 이런. 당신을
만나기로 한 곳으로 가면서 당신께서 나타나지 않기를 바라는
마음이랄까요? 누구보다도 보고 싶기 때문에 볼 수 없는 사람
같은 것. 하지만, 간다고 해버렸습니다.

늘 그렇듯이 여행 가방을 싸면서 후회합니다. 아침에요.
떠나는 날 아침에 이러고 있습니다. 어떤 것도 필요하지 않을
것 같고, 필요하지 않은 것도 없을 것 같습니다. 세 시간도
안 걸려 신치토세 공항에 도착합니다. 활주로에 초록이
가득합니다. 방음림(防音林)인가 합니다. 여름 홋카이도입니다.

시간은 느긋하게 흐릅니다. 규정 속도가 오십
킬로미터인 왕복 이차선 도로를 운전사는 사십 킬로미터도
못 되는 속도로 지나갑니다. 여름에요! 차도 별로 없고,
경적을 울리는 사람도 없어요. 도로 위 공중에 붉은 화살표가
일정한 간격으로 매달려 있습니다. 고개를 젖혀 화살표를
보고 있는데 낯선 남자가 옆으로 다가옵니다. 겨울을 위한
거라고 알려줍니다. 이곳의 겨울이 얼마나 무시무시한지
이야기합니다. 눈이 엄청나게 온다고요. 저는 어쩐지 신나는

기분이 들어서 그걸 감추려고 애를 씁니다. 이 거대한 섬에서는 제설차가 밀어낸 눈이 도로의 선을 잠식해버린다네요. 붉은 화살표는 '여기가 차도입니다'라는 안내라고 합니다. 친절한 남자.

　　　앞과 뒤와 왼쪽과 오른쪽 모두 초록입니다. 산은 높지만 둥글고, 둥글기 때문에 높아 보이지 않습니다. 산이라기보다는 두터운 초록 융단이 허공에 깔려 있는 것처럼 보이기도 합니다. 북반구의 냉기가 벼린 침엽수들은 다 어디로 가버린 걸까요? 여름이라서 그런 걸까요? 아니면 모든 나무는 둥근 걸까요? 침엽수도 나무니까 둥글 수밖에 없는 걸까요?

　　　방의 불을 켭니다. 공항으로부터 한 시간쯤 달려왔나 봅니다. 싱글 침대 두 개가 나란히 붙어 있습니다. 낮은 침대입니다. 틀은 없이 매트리스만 있는 듯한 침대. 아, 제 공상에 대해 말씀드리지 않았군요. 시시한 겁니다.

　　　"북국의 젖소들이 눈 위를 산책하는 광경을 상상한다"라고 어딘가에 쓴 적이 있습니다. 여름이었고, 뜨거웠습니다. 그 계절 저의 소원은 땀을 흘리는 것이었습니다. 정말이지 절실했습니다. 열기에 갇힌 채로 상상했습니다. 눈과 삼나무와 젖소와 북국과 고립과 따뜻함에 대하여. 제가 상상하는 북국은 그런 곳이었습니다. 뾰족하지만 부드러운 나무가 있고, 고립되어 있으나 고독하지 않고, 연인의 키만큼 눈이 쌓이나 춥지 않은 곳. 형용모순의 세계입니다. 당신을 만나기 전의 일입니다.

고백하건대, 그때 저의 북국은 홋카이도였습니다.
북해도라고 부르는 게 더 정겨운 곳. 그곳은 가장 가까이 있는
세상의 끝이었습니다. 하지만 세상의 끝답게 손을 뻗으면
사라져버리는 '다다를 수 없는 나라'. 저는 지금 여기에
있습니다. 창 너머로 '홋카이도 그린'이 보입니다. 돌아가는
날까지 아마도 오른쪽 침대만 쓰게 될 것 같습니다. 빈 침대를
한 번 쓸어봅니다. 불을 끕니다.

부드러운 침엽수가 있다는 걸 알게 되었습니다.
에조마쓰라고 부르더군요. 일본 소나무 같은 거예요. 안내하는
분이 말해주었습니다. 홋카이도에만 있는 것들에는 '에조'를
붙인다고요. 홋카이도의 옛 이름은 에조치, 홋카이도 사슴은
에조시카, 홋카이도 불곰은 에조히구마. 에조는 '아이누'라는
뜻이라고요. 홋카이도는 오래도록 아이누의 땅이었잖아요?

리조트를 돌아다니다가 그 포스터를 보게 되었습니다.
아이누 가족이 '아이누다운' 옷을 입고서 설원에 서서 저를
보고 있었습니다. 일본은 자국민한테는 홋카이도에 있는
이 리조트를 '아이누의 신묘한 땅'이라고 홍보하는 전략을
취하고 있나 봅니다. 아이누의 피가 섞인 것인지, 그렇게
보이도록 연출한 건지, 둘 다인지는 모르겠지만 그들은 '정말'
아이누처럼 보였습니다. 정말이라는 말은 참 무책임하다고

생각합니다. 아이누가 뭔지도 잘 모르면서 이렇게 말할 수 있다니요. 그리고 마음이 복잡해집니다. 아이누들이 살던 데로 어느 날 들어와서 자기 식대로 바꿔놓은 일본인들이 이제는 아이누스러운 상징으로 이 땅에 대한 향수를 자극한다는 게. 과거의 일본인과 현재의 일본인은 같은 사람이 아니겠지만, 무수한 일본인을 '일본인'이라는 단어로 몰아대는 것도 폭력적이지만…… 갑갑해졌습니다.

에조마쓰를 이야기하다 그랬나 봐요. 그 문제의 포스터는 맥락 없이 본다면 흠 없이 아름다웠습니다. 그들이 서 있는 설원에는 나무들이 빽빽했는데요, 에조마쓰도 있겠다 싶었고, 마음이 찰랑찰랑해졌습니다. 저는 이 나무를 좋아하게 되었으니까요. 이 나무를 우리말로는 뭐라고 부르는지 아세요? 가문비나무래요. 가문비나무라니! 제가 '본' 최초의 나무가 아닐까 싶어요. 막 동화책 같은 거를 읽기 시작했을 때 이 나무가 많이도 보였던 게 기억이 납니다. 그래서 저는 이 나무를 동화의 배경이었을 북유럽에만 있겠거니 생각했어요. 노르만과 게르만 들이 사는 나라에만 있는 게 아니었나 봐요.

우리나라에도 있나 봅니다. 홋카이도에서처럼 군락을 이뤄서 있는지는 모르겠지만요. 가문비나무의 뜻이 궁금해져서 인터넷을 연결했습니다. 검은 껍질을 가졌다고 '검은 피(皮)'로 불리다 시간이 흘러 가문비가 된 것이라네요. 검은 껍질 나무라니……

가문비나무가 알수록 좋아집니다. 이런 이야기를 들은
적이 있었어요. 최고급 악기를 만드는 데 쓰이는 목재라고요.
바이올린이나 비올라 같은 것의 울림통으로 쓰인다고
했습니다. 추운 나라의 고지대에서 아주 천천히 자라기 때문에
나이테가 촘촘하고 섬유가 긴 단단한 나무가 된다고요.
'단단해야 울릴 수 있다'. 이 말이 한참 마음에서 나가지
않았습니다.

둘째 날이었을 거예요. 숲 안의 호수에서 낚시를
했습니다. 정확히 말하면, 낚시꾼들이 낚는 모습을 지켜봤어요.
저 같은 사람한테도 낚시를 해보지 않겠냐고 권하는 사람이
있기는 했는데 '자신이 없다'고 말끝을 흐려버렸습니다. 저는
숲을 보는 게 좋은 사람이니까요. 나무들을, 나무와 나무
사이를 옮겨다니는 새와 설치류를, 사람들을 보는 게 좋아요.
절묘한 데 자리를 잡았습니다. 몸의 반은 볕이 들고, 반은
그늘이 생기는. 벽감(壁龕)에 기대고 있는 기분입니다. 저는
이런 데가 왜 이리 좋을까요?

호사스럽게도 미끼는 연어알입니다. 다가가서 보니 공갈
연어알입니다. 이 연어알에서는 연어알에서 나는 냄새 같은
게 나는 걸까요? 아니면 물고기들은 시각 정보를 처리하는 게
인간과는 달라서 이런 주황색에도 반응하는 걸까요? 아무도
아무것도 낚지 못합니다.

정적을 깨고 소란이 들립니다. "우와, 탱이다." 리조트의 일본 식원이 자리에서 일어나더니 이렇게 외칩니다. 사람들이 그를 따라 호수 안을 들여다봅니다. 길고 굵은 줄무늬 꼬리를 가진 너구리를 닮은 짐승이 호수를 횡단하고 있었습니다. 탱, 담비였습니다. 그렇다는 걸 나중에 알았습니다. 침엽수림에만 서식한다는 담비는 수영도 잘했습니다.

나오길 잘했다는 생각이 들었습니다. 낮잠을 잘까도 했었는데, 헤엄을 치는 담비도 보게 되었으니까요. 낚는 사람만 낚고 있었습니다. 물고기가 한쪽에만 몰리나 보다며 사람들이 투덜거렸습니다. 어쩌겠어요.

저는 나무를 보고 있었습니다. 한참을 그러고 있었습니다. 왜 이곳의 침엽수는 뾰족한데 뾰족하지 않은지를 알 것도 같았습니다. 나무의 잎은 자랄수록 아래를 향하게 될 수밖에 없어 보였어요. 잎의 끝도 둥글어서 찔려도 아프지가 않고요. 그래서 세상에 없을 것 같은 뾰족하지만 부드러운 침엽수가 되는 것인가 보다 했습니다. 이런 나무들로 빽빽한 숲에 있었어요. 그리고 후키. 호숫가에는 후키라는 게 있었습니다. 여러 사람에게 물어 이름을 알았어요. 커다란 둥근 쟁반 같은 잎을 이고 있는 키 큰 식물이에요. 머위라고 했습니다. 성인 남자보다 크게 자라 숲을 호위하고 있는 저게 머위라니.

결국, 곰 같은 건 나타나주지 않았습니다. 호숫가로

가는 동안 리조트의 직원은 사냥총과 곰 퇴치용 스프레이를
들어보이며 겁을 주었거든요. 이 나른한 기분을 깨트리지
않을 정도로만요. 그날 저녁에 연어알을 먹었습니다. 사면이
유리로 되어서 숲에 있는 듯한 기분이 드는 천장이 높은
식당이었습니다. 창밖으로 에조시카가 찾아오는 날도 있다고
하더군요.

　　매일같이 후라노산 화이트 와인을 먹고 있습니다. 이름
같은 건 모르겠습니다. 낮에는 한 잔, 밤에는 두 잔. 집에 있을
때처럼 말입니다. 언젠가부터 생긴 버릇인데요. 여름이 되었다
싶으면 화이트 와인을 사기 시작합니다. 샤블리나 샤도네이면
좋겠지만, 달지만 않다면 아무거나 삽니다. 머그컵에 따라놓고
오며 가며 마십니다. 여기서는 감자, 아스파라거스, 껍질콩,
옥수수 같은 거와 같이 먹고 있어요. 그리고 리조트에 있는
매점을 아침저녁으로 드나들며 요구르트를 사서 마시고
있습니다. 홋카이도 지도가 새겨진 플라스틱 병에 담긴 게
입맛에 맞습니다. 이 지도가요, 양각으로 되어 있어서 마시고
난 뒤에도 한참을 만져보곤 합니다.

　　누군가 그러더군요. 유바리의 멜론, 후라노의 와인과
라벤더, 삿포로의 맥주가 홋카이도의 삼대 명물이라고요.
또 다른 사람은 말했습니다. 삼대 명물은 불곰과 털게와
유제품이라고. 그 이야기를 듣고 상상해버렸습니다. 한 손에는

털게를, 다른 한 손에는 우유를 들고 탐식하는 불곰의 모습을.
어쨌든, 멜론도 먹고 있습니다. 유바리 멜론인지는 모르겠는데
맛있습니다. 불문학자 김화영 선생이 쓴 신문을 떠올렸습니다.
카바용 멜론이라고 했던 것 같아요. 그 속살이 붉고 물이
많다는 프로방스산 멜론 생각을 했습니다. 집에 어서 돌아가
그 문장을 찾아 읽고 싶어졌습니다. 궁금한데 먹지 못하고
있는 게 있습니다. 덴스케 수박이라고 하는 건데요. 흑피(黑皮)
수박이에요. 거대한 검정 고무지우개처럼 생겼습니다.

　　　상자에 홀려버렸습니다. 네, 덴스케 수박 상자에요.
리조트의 기념품 가게에 그 수박 상자가 전시되어 있거든요.
검정색과 빨간색으로만 된 네모난 종이 상자데요. 빨간 속살에
검정 수박씨가 종(縱)으로 박혀 있어요. 그래 보여요. 간결하고
아름다운 '작품'입니다. 로버트 메이플소프나 이브 클랭
같은 사람 것처럼 보이기도 해요. 'DENSUKE SUIKA'라고
쓰여 있어서, 여기서는 수박을 '스이카'라고 한다는 걸 알게
되었습니다. 또 그 위에는 'HOKKAIDO THOMA'라고 쓰여
있어서, 도마라는 곳에서 생산되었나 보다 합니다. 어딘가에는
노랑 수박이나 보라 수박 같은 것도 있을 거라는 생각이
들었습니다.

　　　그러고는 분홍색 참외가 나오는 네루다의 시를
떠올렸습니다. "아름다운 건 갑절로 아름답고 좋은 건 두 배로
좋다"라는 문장이 있는 시입니다. 보자마자 외워버렸습니다.

어떻게 그러지 않을 수 있겠습니까? 그제야 알 것 같았습니다.
분홍 참외는 그 남자의 상상 속에 있는 게 아니라 세상
어딘가에 실제로 있을 거라고요. 네루다가 보았든 보지
않았든, 있는 겁니다. 세상의 어딘가에는 분홍 참외가 자라고
있고, 그걸 가꾸는 손이 있고, 그 참외를 깎는 여자가 있다는
생각만으로 콧등이 환해집니다. 그건 분명히 있는 겁니다.
만져보고 싶다고 생각합니다.

　　아까는 후라노와 아사히야마에 다녀왔습니다. 하루가
꼬박 걸렸습니다.

　　후라노까지는 제가 묵고 있는 시무캇푸무라에서 버스를
타고 한 시간쯤 걸리더군요. 네, 그 느리게 가는 버스로요.
후라노의 명물인 라벤더 농원을 보지 않을 수 없다는 배려를
받아들였기 때문입니다. 라벤더는 아직 피지 않았습니다.
그보다는 양귀비를 보고 싶었는데 져버린 것 같았습니다.
기념품 가게에서 라벤더 향을 몇 갑 산 게 전부입니다.

　　후라노에서 다시 북쪽으로, 한 시간쯤 걸려 아사히카와
시에 도착합니다. 아사히야마라는 산에 있는 동물원에 가기
위함입니다. 산 이름을 그대로 따서 아사히야마 동물원입니다.
저는 이곳을 알고 있었어요. 눈 위를 산책하는 펭귄에 대한
신문 기사를 본 적이 있었거든요. 산에 있는 동물원은
처음이었습니다. 피둥피둥해진 여름의 펭귄은 권태로워

보였습니다. 한국어로 된 동물원 리플릿에는 이런 문장이
있었습니다. '감동을 부르는 대박력.' 박력이라는 말도 좀처럼
쓰지를 않는데, 대박력이라요. 대박력까지는 바라지도 않을
테니 박력을(박력이라도!) 제게 달라며 누군가에게 애원하고
싶어졌습니다.

　　그리고 유바리를 지났습니다. 홋카이도 전도(全圖)를
펴면요, 제가 머물고 있는 곳의 오른쪽으로는 오비히로가,
왼쪽으로는 유바리가 있습니다. 회색 도시였습니다. 망해버린
폐광촌. 생기를 잃은 지 꽤 오래된 곳처럼 보였습니다. 유바리,
유바리. 이 지명이 입에서 떠나지를 않았습니다. 졸다 깨어나서
알았습니다. '유바리, 유바리'를 끊임없이 중얼거리며 달아나던
한 여자의 실루엣이 되살아났기 때문입니다.

　　〈밀레니엄 맘보〉라는 영화에서였어요. 대만 감독
허우샤오시엔이 2001년에 만든 영화였는데, 십 년쯤이
지난 미래의 시점에서 과거가 되어버린 2001년을 회상하는
형식이었던 것 같아요. 반쯤은 졸며 봤었는데 특이한
영화였다는 느낌만은 생생합니다. 여자 주인공인 서기(舒淇)가
유바리에 가고 싶다며 거의 편집증적으로 그곳을 염원하던
게 기억났어요. 코아아트홀에서 봤습니다. 이제는 없어진
곳입니다. 오직 이곳을 가겠다고 종로에 드나들던 때가
있었습니다. 세탁 상태가 그리 좋지 않은 카펫 위를 걸었던
제 것인 발과 누구의 것인지 기억나지 않는 발에 대하여

기억하고 있습니다. 2003년이었습니다. 아닐지도 모릅니다. 기억은 얼마나 불확실하고 뒤죽박죽인지. 2003년의 저는 알지 못했습니다. 그로부터 십 년이 더 지나서 제가 유바리를 지나고 있을 줄은. 당신을 만나게 될 줄은. 우리는 언젠가 스쳤을 거라고 생각합니다. 미래에서 온 사람들인 우리는 서로를 알아보지 못했지만요.

오늘은 세 시 반에 일어났습니다. 산에 오르기 위해서요. 요가를 하러 산에 오르기로 했습니다. 이왕 요가를 하러 산에 오를 참이면 구름으로 뒤덮인 산에서 해야 의미가 있다는 게 안내원 남자의 말이었습니다. 그러니까 구름인지 안개인지 모를 그 촘촘한 물방울 속에서 요가를 하려면 기필코 새벽에 일어나야 하는 겁니다. 저는 그 남자의 말에 토를 달 수가 없게 되어버렸습니다. 그 자두 같은 눈을 보면요. 이 남자는 너무나 무리를 하고 있습니다.

이해할 수 없습니다. 산에 오르는 곤돌라를 타러 갔는데 어디서부터가 줄인지 안 보일 정도입니다. 곤돌라의 목적지인 운카이 테라스로 올라갔는데도 사정은 마찬가지입니다. 새벽 네 시에 말입니다. 구름바다였습니다. 괜히 운카이(雲海) 테라스가 아니었습니다.

오늘의 수강생은 이랬습니다. 우리가 가는 데는 어디라도 가는 자두 눈 남자와 요기의 말을 통역할 리조트 여자

일본 홋카이도

직원, 산길을 안내할 리조트 남자 직원, 외국계 제약회사에 다니는 중년 남자, 여성잡지 기자인 풋풋한 아가씨, 그리고 저. 저보다 나이가 어린 이 아가씨는 속이 찬 사람이었어요. 나중에 남편이 될 남자가 돈을 벌어오면, 돈을 버는 게 얼마나 힘든지 아는데 어떻게 한 푼이라도 쓸 수 있겠냐며 얼굴을 찌푸리는 겁니다. 자기가 벌어서 쓰겠다는 야무진 이 아가씨가 예뻐서 한참을 보았습니다.

저기서 걸어오는 저 사람이 요기라고 그럽니다. 키가 크고 태가 좋은 잘생긴 남자인데 묘하게 이국적입니다. 폴라포리스로 된 노스페이스 겹옷을 입고 있습니다. 회색입니다. 이 남자는 삿포로에서 야간 운전을 하고 와서는 어제 리조트에서 묵었다고 합니다. 다행입니다. 일어나지 못했더라면 빚을 질 뻔했습니다.

이 사람들과 도마무야마 산에 오릅니다. 뾰족해 보이는 잎들이 찌르지만 아프지 않습니다. 정상까지는 가지 못합니다. 우리가 하도 헉헉대니까 앞장서 가던 요기가 뒤를 돌아보며 싱긋 웃습니다. 그래서 우리는 산등성이에 멈춥니다. 평평한 곳은 찾을 수 없습니다. 우리는 각자의 방식으로 기울어져 비스듬히 섰습니다. 그렇게 경사(傾斜)된 사람들을 보고 있자니 기분이 얼마나 이상하던지요.

그렇게 서서 요기의 숨을 좇습니다. 새와 나뭇가지가 바람을 데려오는 소리를 들으면서. 요기가 말하면 여자

직원이 통역합니다. 그리고 저는 그 말들이 좋아서 잠시 눈을 감습니다. 남자가 이렇게 말했다고 여자가 이렇게 옮깁니다. "섬세함은 강한 사람만이 가질 수 있고, 부드러움은 단단한 것만이 가질 수 있다." 가문비나무만 그런 게 아니었나 봅니다. 요기의 마지막 말은 이랬습니다. "숲에게로 되돌려주세요." 아, 어찌나 좋던지요. 들숨보다 날숨을 길게 쉬었습니다. 여력을 다해서요. 산에서 내려오니 새벽 다섯 시였습니다. 예쁜 사람들과 산에 다녀와서 좋았습니다.

　　사슴을 생각합니다. 어제 숙소로 돌아오는 길에 사슴을 보았거든요. 에조시카. 갑자기 사슴 세 마리가 도로로 뛰어드는 것이었습니다. 제집에 돌아온 주인처럼 보무도 당당하고 자연스럽게요. 사람들은 환호하며 카메라와 스마트폰을 들었습니다. 그것들이 뛰어들었던 것처럼 너무도 자연스럽게 사라졌기 때문에 아무도 사슴을 찍지 못합니다. 작고 단단한 갈색과 하얀 반점을 생각합니다.

　　사슴의 뿔에 대해서도 생각합니다. 겨울에는 사슴의 뿔이 떨어진다고 합니다. 탈각(脫殼). 저는 뿔이 없는 채로 당신을 바라볼지도 모릅니다. 뿔이 없다면 향기도 없는 걸 테죠. 뿔 떨어진 사슴이 보인다면 저인 줄 아세요. 어쩌면 당신의 꿈에서 제가 그럴지도 모르겠습니다. 그렇게 보내드리는 게 아니었어요. 제 등을 가만히 토닥이던 당신의 손은 따뜻했습니다. 마음이 좋지 않습니다.

겨울에 당신과 저는 무엇을 하고 있을까요

가문비나무와 머위와 멜론과 구운 옥수수 등등의
냄새를 당신에게 보냅니다. 제게 뭔가를 주고 싶으시다면,
분홍 참외를 부탁하겠습니다. 겨울에 당신과 저는 무엇을 하고
있을까요. 무엇이 되어 있을까요. 알고 싶지 않습니다. 강하고
단단해지겠습니다. 그러겠다고 생각합니다. 이제 돌아갈
시간입니다. 제가 떠나온 곳으로요.

　　다시 쓰겠습니다.

시아봉가, 인생

—

조 경 란

더 멀고 희귀한 곳에 가지 않아도 좋았다.
나는 그 순간 아프리카 안에 있었으니까.
어쩌면 내 생애 다시 오지 않을.
이 글을 쓰고 있는 순간,
내가 꾀꼬리처럼 바구니 안에 잡아둔
잠시 멈추고 있는 시간.

남반구(南半球)에 가본 것은 그때가 처음이었다. 적도 남쪽의 반구, 그러니까 남아프리카공화국. 2014년 5월이었다. 그 한 달 전 4월에 진도군 인근 바다에서 참사가 있었다. 보통 참사가 아니라 재앙에 가까운 일이었다. 아무 데도 가고 싶지 않은 것이 당연했고 꽤 오랫동안 아무것도 쓰지 못할 게 분명했다. 그런데도 짐을 꾸리게 된 이유, 어딘가 개운치 않은 마음으로도 뒤 한 번 돌아보지 않고 인천공항을 떠날 수 있었던 이유는 무엇이었을까, 하고 지금에 와서야 돌아본다.

　　지금은 2015년 7월이고 나는 도쿄 네기시의 한 작은 숙소에 머물고 있는 중이다. 열흘간 쉬지 않고 내리던 장맛비도 오늘은 그치고 거실 창으로부터 노트북이 놓인 식탁까지 간헐적이고 조금은 뜨거운, 그래서 미열처럼 느껴지는 바람이 불어오고 있다. 시간과 장소가 완전히 다른 여기에 앉아서 내가 처음 가본 남반구, 남아프리카공화국에 대해 떠올리고 있자니 저절로 회고하는 마음이 돼버리는 것도 같다. 회고(回顧). 소설 쓰기에 관해서라면 '나'라는 인물을 독자들에게 잘 드러내 보일 수 있는 방법 중 하나. 나는 이 글을 회고의 형식으로 쓰지는 않을 것이다. 이 여행기가 단지 나 자신에 관해서 읽히기보다는 나와 그곳에 같이 갔던 사람들, 그리고 이제는 이 세상에 없는 또 한 사람, 그리고 그런 우리가 한순간 우르르 다녀왔던 '검은 대륙'에 관한 이야기로 읽히기를 바라기 때문일지도 모른다.

최근에 읽은 책들 중에 『아인슈타인의 꿈』이 있다.
저자인 앨런 라이트먼은 물리학자이자 소설가로, 그가 시간에
관한 다양한 개념을 픽션으로 풀어낸 책이다. 이 『아인슈타인의
꿈』에 따르면 시간의 유형은 서른 가지쯤 되는 것 같다. 어떤
세계의 시간은 원(圓)으로 되어 있어서 모든 것이 한없이
반복된다. 실패와 성공, 슬픔과 기쁨 같은 것들, 부자는 부자인
대로 걸인은 영원히 걸인인 채로. 또 어떤 세계의 시간은
꾀꼬리라서 원한다면 가끔씩 바구니 속에 붙잡을 수도 있다.
이를테면 아이를 잃은 부모나 누군가와 헤어져 슬픔에 잠긴
사람들은 시간을 그 이전으로 붙잡아둘 수 있다. 또 어떤
세계에는 우리가 종종 드라마나 영화에서 본 것처럼 미래에서
온 사람들이 등장한다. 모든 것을 알고 있고 그래서 과거를
뒤바꾸어놓을 수도 있는. 그것은 매우 매력적인 세계인 것처럼
느껴지긴 하지만 조금만 생각해봐도 "과거를 조금이라도
바꿔놓으면 미래가 엄청나게 바뀔 수 있다는 것"을 알 수 있다.
1초만 바꾸어도 어떤 '그'는 '그녀'를 만나지 못했을 것이고
0.5초의 간극만 생겨도 한 사람은 길을 건너다 목숨을 잃을
수도 있을 테니까.
　　　또 기계시간, 체감시간이라는 두 가지 유형이 있다.
기계시간이라는 것은 말 그대로 규칙적인 시간에 자고 일어나
생활하는 걸 말하며, 체감시간이라는 것은 몸의 리듬과 일정,
혹은 감각과 생각에 따라 유동적으로 변화시킬 수 있는 시간을

　　　　　　　　　남아프리카공화국 더반, 케이프타운

의미한다. 두 시간 중 어느 것이 옳고 그른지 판단할 수는 없을 것이다. 그 시간을 사는 사람이 만족할 수만 있다면. 저자의 말에 따르면 이 "두 시간은 모두 참이지만, 두 참은 서로 일치하지는 않는다"라고 한다.

지금 내가 살고 있는 2015년 7월은 올해 나의 첫 번째 기나긴 체감시간에 속할지 모른다. 남아프리카공화국에 다녀왔던 지난해 5월의 시간도 그랬을 거라고 느낀다. 그때는 그 여행조차도 기계시간에 속한다고 생각했을지 모르지만. 나는 여행을 좋아한다고 말할 수 없는 사람이다. 대체로 느리고 굼뜬 데다가 게으르기까지 하고, 조금 용기를 내서 고백하자면 '자연'이라는 것에 열광하고 좋아하는 타입도 아니다. 어디를 가든 숙소를 중심으로 동네 식당이나 맥줏집을 어슬렁거리고 해가 기울 무렵쯤 슬슬 공원이나 광장 같은 데 산책을 나가는 것이면 만족하는 편이라, 차를 타고 멀리 나가본다거나 기차를 타고 이웃나라를 가보는 일은 좀체 하지 않는다. 이러니 나 같은 사람에게 남반구에 가게 될 기회가 생겼을 때, 어쩌면 지금이 그곳에 가볼 수 있는 처음이자 마지막 기회 같은 게 아닐까, 라고 직감하지 않을 수 없었다. 애초에 이 여행은 남아프리카공화국의 도시 중에서도 콰줄루나탈 주(州)의 중심인 더반에서 열리는 인다바(INDAVA) 즉, 아프리카 최대 관광교역전을 둘러보고 참가하는 게 목적이었다. 도시 외곽에 있다는 타운십(흑인 거주지역)과 빅파이브— 사자 표범 코끼리

코뿔소 버펄로—를 볼 수 있다는 야생동물보호구역에는 꼭
가보고 오자. 그런 마음으로 나는 지난해 5월 8일 목요일
홍콩으로 가는 비행기에 탑승했다.

　　우리나라와 남아프리카공화국을 잇는 직항편은
없다. 홍콩, 싱가포르, 두바이 등을 경유해 갈 수 있으며
대체로 남아프리카항공편으로 홍콩에서 요하네스버그로
가는 것이 일반적이다. 인천공항에서 홍콩까지 약 세 시간
반, 홍콩에서 요하네스버그까지 열세 시간 정도 걸린다.
요하네스버그에서 더반으로 갈 경우 비행기로 한 시간 반 정도
소요. 약간 과장을 보태자면 기내에 앉아 있는 시간만 거의
스무 시간쯤 된다는 말이다. 수년 전 과달라하라 도서전에
참석하기 위해서 멕시코를 방문한 때가 떠올랐다. 비행시간과
거리가 그만큼이나 길고 멀어서 다시는 가보지 못할 거라고
지레짐작할 수밖에 없었던. 아무리 눈을 감고 있어도 홍콩행
비행기는 이륙할 기미가 없었다. 기상 상태 때문이라는 안내
멘트만 종종 흘러나올 뿐. 한 시간 넘게 지났을까. 비행기는
이륙했고 곧이어 무섭도록 기체가 흔들리기 시작했다. 홍콩을
덮치고 있는 태풍의 영향일 거였다. 이따금 경험하지만,
기체가 흔들리면 마음은 도리어 고요해진다. 할 수 있는 일도
할 수 있는 말도 없기 때문인가. 나는 발밑에 밀어둔 가방에서
도미니크 라피에르가 쓴 『검은 밤의 무지개』, 베벌리 나이두의

연작소설집 『남아프리카공화국 이야기』를 꺼냈다. 책은
언제나 그렇듯 그 요동치는 기내에서도 펼치면 어디든, 나를
여기가 아닌 다른 곳 다른 시간 속으로 데리고 가준다. 사람을
의심할 수는 있어도 "시간을 의심할 수는 없"듯 그것은 책도
마찬가지이리라.

　　요하네스버그행 탑승시간을 기다리던 홍콩
국제공항에서 이번 여행을 함께하게 될 두 일간지 기자, 유와
김, 그리고 우리나라 아프리카 여행사를 대표해 인다바에
초대받은 한 여행사의 대표, 장을 만난다. 서로가 모두 초면인
데다가 낯을 가리는 것도 엇비슷해 보인다. 이러면 여행이
어려울 텐데, 라고 생각하며 나는 뒤로 한 발 물러난다.

　　더반은 아프리카 최고의 전사인 줄루 족의 터전이었으며
남아프리카공화국 최대의 항구도시라고 한다. 체크인을 하고
호텔 밖으로 나오자마자 남아프리카공화국이 지닌 천혜의 조건
중에서도 1위를 자랑하는 건 바로 하루 평균 아홉 시간 반이나
된다는 일조량이라는 정보가 저절로 떠올랐다. 열기가 펄펄
끓어오르는 인도양을 마주한 북쪽 해변에는 백인 관광객들이
파도타기와 수영을 하는, 먼 그림 같은 풍경이 펼쳐져 있다.

　　모래사장에서는 흑인, 인도인이 모래로 조각을
만들어놓고 나처럼 사진을 찍는 관광객한테 돈을 요구하거나
지친 사람처럼 어깨를 구부린 채 그냥 해변에 앉아 있다. 한낮,

태양, 해변, 모래사장, 파도, 원색의 옷을 입은 사람, 혹은
벗은 사람, 그리고 이 햇빛. 나한테는 너무 선명하고 뜨겁고,
조금은 불안하고 낯선 장면이다. 일행이 더반의 가이드와
해변에서부터 인도양 쪽으로 뻗은 바닷길을 다녀오는 동안
나는 생수를 파는 상점 안에서 기다리기로 한다. 이 화려한
해변의 풍경이 내가 처음 본 남아프리카공화국이라고 여전히
믿고 싶어 하지 않으면서.

　　　그날 저녁이었다. 테마파크인 우샤카 마린월드 안에
있는 레스토랑에서 저녁을 먹고 있었다. 감자튀김에 씁쌀하고
시원한 빈트후크 맥주를 벌컥벌컥 들이켜고 있는데 상어들이
천천히 지나갔다. 수족관 식당이라는 걸 처음 안 것처럼 나는
놀라는 척했다. 저쪽 가장 넓은 테이블에는 이번 인다바 행사에
초대받아 온 각국 게스트와 관계자가 모여 있었다. 나는 이
자리가 파하면 호텔 뒤쪽의 골목들을 걸어보겠다고 가이드에게
말했다. 선한 눈의 그가 그건 안 된다고 했다. 그럼, 해변을
산책하는 건? 그것도 No. 나는 왜냐고 물었다. 그가 "나는
너희를 안전하게 보호해야 할 의무가 있다"라고 말하면서
순하게 웃었다. 지금부터 호텔로 돌아가면 거기서부터 한
발짝도 나가서는 안 된다고. 그리고 호텔의 바도 열 시면 문을
닫을 것이라고 알려주었다. 내가 이해할 수 없다는 표정을 짓자
옆자리의 장이 "여긴 그래도 남아공이니까요"라고 했다. 치안
상태에 대해서 심각하게 생각하지 않았던 것 같다. 총기가

허용되고 호텔에서 조금만 떨어진 후미진 곳에 가도 골목마다 총을 든 강도들이 서 있는 도시, 남아공에서 세 번째로 인구가 많고 아프리카에서 가장 활발하고 분주한 항구도시라는 이곳에서.

나는 내 앞자리에 앉은 두 신문기자의 이야기에 귀 기울였다. 그들이, 그러니까 남자끼리 뭔가를 도모하고 있었고, 그것은 내가 한낮의 그 해변에서 그들이 돌아오기를 기다리던 순간에 하고 있던 계획과 거의 일치하는 것처럼 들렸기 때문이다. 그 한낮에 나는 이미 내가 이곳에 머물지 않으리라는 것, 이곳에 내가 보고 싶고 하고 싶은 건 더 없을지도 모른다는 것을 깨닫고 있었다. 나는 도시에 익숙한 사람이지만, 세계 어디를 가나 있는 그 도시적인 것을 보러 이곳에 온 것은 아니다. 나는 진짜 '아프리카'를 보고 싶었고, 그렇다면 서둘러 이 아름답고 뜨거운 해변에서 벗어나야 할 거였다. 이런 특별한 데서 밥 먹는 것은 한 번이면 됐다. 앞으로도 우리의 모든 스케줄은 남아프리카공화국 관광청에서 짜놓은 거라 그곳에서 보여주고 싶은 곳, 가보게 하고 싶은 곳, 소개해주었으면 하는 데가 전부일 거다. 오후에 시간을 보냈던 피시 마켓이나 빅토리아스트리트 마켓, 그리고 1849년에 지어진 더반 식물원의 다양한 관목과 종려나무도 내 마음을 바꾸진 못했다.

나는 테이블 앞으로 몸을 내밀곤 저기요, 하고 두 남자 기자, 유와 김을 조용히 불렀다.

유와 김은 계획을 수정해야 했다. 일단 숙소에 방을 하나 더 예약해야 하는 것. 처음 만난 지 이틀 만에 세 사람은 함께 여행을 떠나기로 한 것이다. 내가 끼어든 셈이 됐지만, 이럴 때는 눈치 같은 건 보지 않는다. 인다바는 아프리카 전문 여행사에게는 가장 중요한 무역 행사라 장은 같이 여행을 가고 싶어도 갈 수 없다. 우리가 없으면 관광청에서 예약해준 근사한 식당에서 혼자서 밥 먹는 게 불편할 거라고 걱정하는 장에게 김과 유는 서울에서 가져온 컵라면과 비빔밥 같은 전투식량을 주고, 장은 아침 일찍 우리를 배웅한다. 운전은 유가 하고 보조석에서 길 안내를 돕는 건 김이, 뒷자리에 앉은 나는 음악 선곡을 담당한다. 서로 잘 모르는 사람들이 손발이 척척 맞아 인도양을 오른쪽에 두고 북쪽으로 북쪽으로 달리기 시작한다. 지금부터 약 300킬로미터는 달려야 할 것이다.

남아공에서는 우리에게 익숙한 사파리라는 말 대신 '게임 리저브(Game reserve)'라는 용어를 쓴다. 오픈형 사륜구동 차량을 개조해 만든 차를 타고 개인이 소유한 야생동물 보호구역에서 야생동물이 위치한 데를 누가 먼저 찾아내느냐 하는 놀이에서 만들어진 말이라고 읽었다. 사파리하면 단연 크루거 국립공원이다. 더반에 처음 도착했을 때 가이드에게 크루거 국립공원에 가보고 싶다고 하자 난색을 표했다. 일정상 거리가 너무 멀다고. 지도를 본 유도 고개를 젓는 걸 보니 더 이상 고집을 부리는 건 곤란해 보였다. 이 더반에서 갈 수 있는,

규모는 작지만 사파리를 할 수 있는 사바나의 공원을 찾는다.
지금 우리가 가는 곳, 흘루흘루웨 움폴로지 게임 리저브.
면적은 약 960제곱킬로미터, 서울의 1.5배 정도 크기.

　　　유칼립투스 숲 속의 방갈로 형태의 숙소 로지(오두막집)에
가방을 던져놓고는 얼른 나온다. 외출할 때는 반드시 창문을
닫으라고 했던가. 저 로지 앞을 어슬렁거리는 호기심 많은
원숭이들이 들어와 방을 어지럽혀놓을 수도 있다고. 사파리
시간은 오후 세 시부터 여섯 시, 오전 다섯 시부터 아홉 시
사이, 동물이 가장 활발하게 움직이거나 잠에서 깨기 시작하는
때이다. 로지에서 주는 달콤한 웰컴 드링크를 한 잔씩 마시고는
레인저(게임 드라이브 전문 가이드)가 모는 사륜구동차에 오른다.
적어도 아홉 명은 탈 수 있을 만한 크기이다. 450여 종의 새와
동물들, 운이 좋다면 사냥하기 어렵고 몸집이 크다는 이유로
빅파이브라고 불리는 동물을 모두 볼 수도 있을 거라는 기대
때문인지, 초원에서 불어오는 대자연의 향기를 품은 거친
바람과 대기 때문인지 가슴이 쿵쿵 크게 뛰고 머리카락은
불불이 휘날리고…… 까닭 없이 눈물이 날 것만 같아 나는
고개를 좌우로 내젓고는 사방을 둘러본다. 아아, 여기가
아프리카구나, 이곳이 내가 처음 와본 사바나 초원이구나
느긋이 즐길 겨를도 없이, 그저 너무 벅차기만 해서. 그날
오후엔 빅파이브는커녕 겨우 몇 마리의 임팔라, 스프링복스,
버펄로만 볼 수 있었을 뿐인데. 언덕의 커다란 나무 밑에서

레인저가 차를 세우고는 음료수 박스와 간이 테이블을
꺼내놓는다. 청포도와 크래커 접시도. 음료수 박스에서 우리는
너 나 할 것 없이 캐슬비어를 꺼내 마신다.

나는 꽤 여러 도시의 시장과 광장, 계단, 공원에서
맥주를 마셔봤다. 그러나 이곳은 사바나다, 아프리카다. 이런
대기와 바람, 이런 야생 속에서 이토록 차가운 맥주를 병째로
마시고 있다니. 나는 유와 김을 보았다. 그들은 각자 있었고
나는 그들과 함께 있었다. 누구도 말을 하지 않았다. 모두
각각 다른 방향에서 초원을 내려다보고 있다. 말이 필요 없는
순간이었다. 왜, 그런 때가 있지 않은가…… 빅파이브를 보지
않아도, 더 멀고 희귀한 곳에 가지 않아도 좋았다. 나는 그 순간
아프리카 안에 있었으니까. 어쩌면 내 생애 다시 오지 않을,
이 글을 쓰고 있는 내가 꾀꼬리처럼 바구니 안에 잡아둔 잠시
멈추고 있는 시간.

그다음날 아침 다섯 시 반. 덜컹거리는 랜드로버를
타고 우리는 다시 초원으로 나갔다. 두꺼웠던 구름 사이로
서서히 햇살이 비춰들기 시작하고 이제 슬슬 잠에서 깨어난
기린들, 무리를 이룬 코끼리 가족들이 언덕 위, 희미한 수평의
안개 사이로 모습을 드러냈다. 버펄로, 얼룩말은 도로까지
나와 무람없이 어슬렁거린다. 우리는 장에게 문자메시지를
보낸다. 식사는 잘 하고 계시죠? 지금 코끼리를 봤어요, 표범은
오늘도 못 볼 것 같아요, 저희 저녁에 더반에 도착합니다,

오늘 저녁은 같이 먹어요. 동물원에서나 보았던 키 큰 기린이 생각보다 다리가 짧아 뒤뚱거리는 것처럼 보일 때는 웃음이 터져나왔다. 그런 기린은 얼룩말과 특히나 사이가 좋은 것 같아 보인다. 순간적으로 기린 머리 위에 작은 새 한 마리가 포르르 날아와 앉는 것을, 유는 놓치지 않고 재빨리 셔터를 누른다. 날렵한 김은 전기 울타리까지 다가가 사진을 찍고 있다. 그래, 자연보호구역을 둘러싸고 있는 전기 울타리. 이 땅이 꿈이 아니라는 것을 말해주는 단 하나의 아찔한 현실 같은.

남아프리카공화국에서 첫 번째로 세워진 도시 케이프타운의 애칭은 '마더 시티'이다. 남아프리카공화국 인구 중 백인의 비율은 12퍼센트가 못 되지만, 이 도시에서는 오히려 흑인이 소수인 것처럼 보인다. 흑인뿐만 아니라 다른 유색인종도 찾아볼 수 없는, 아니 살 수 없는 '그들만의 동네'도 있다. 넬슨 만델라가 종식시킨 흑백 분리정책이라고 하는 아파르트헤이트를 대표하는 도시라고 말해도 좋을까. 흑인을 제외한 다른 유색인을 지칭하는 컬러드(colored), 흑인, 백인이 사는 마을이 엄격하게 구분된 동네들과 선기노 물도 부족한 타운십을 가이드의 도움을 받아 돌아보는 동안 내가 남아프리카공화국에 와서 불편한 점에 대해 생각하지 않을 수 없었다. 근사한 호텔, 식당, 거리, 관광지에서 한 발짝만 돌아서도, 한 골목만 돌아서도 구걸하는 사람과 노숙자가 몰려 있었다. 맛있는 걸 먹다가 문득 식당 밖으로 눈을 돌리면 그들과 눈이 마주치곤 했다. 아파르트헤이트는 사라졌을지 몰라도 이곳에는 분명한 인종차별이 무분별하게 이루어지고 있다. 1488년 바르톨로메우 디아스가 이 땅에 도착한 후부터 유럽인은 지금까지 한 번도 케이프타운의 중심부를 비운 적이 없다고 한다. 그러니까 흑인 정권이 출범한 지 이십 년이 넘은 지금까지도. 폭동이 일어나고 총기 소지가 허용되는 데는 아직 내가 모르는 이유들이 있을지 모른다. 그러나 이런 막막하고 답답한 가슴도 해발 1086미터의 산, 정상이 3킬로미터나 평평하게 펼쳐져 있는 테이블마운틴에 가면 단번에 사라지고 마는 것 같다. 그렇다, 이곳은 케이프타운을 대표하는 테이블마운틴과 케이프 반도의 인도양과 대서양이 만나는 바다, 희망봉, 환상의 드라이브 코스라고 불리는, 해변을 따라 산비탈을 손으로 깎아 만든 '채프먼스 픽 드라이브'가 있는 도시이다. 영국 BBC가 선정한 '죽기 전에 가봐야 할 여행지' 베스트 10에 뽑힌.

　케이프타운에서의 사흘은 남아프리카공화국 이민 1세대에 속한다고 하는 가이드 이 선생과 보냈다. 첫날은 관광객과 가이드로, 다음 날은 한국 사람과 한국 사람으로, 마지막 날은 친구와 친구 사이로. 홍콩 국제공항에서 데면데면하게 첫 인사를 나눈 우리 넷이 일행에서 동행으로 관계가 달라진 것처럼. 그들과 함께한 남아프리카공화국이 아니었다면 아마도 나는 이 글을 시작하지 못했을지도 모른다. 나는 그동안 어디를 다녀온 후에 그곳은 혼자 가면 안 됩니다. 친구가 필요한 곳이에요, 라고 말해본 적이 없다. 여행은 혼자하는 게 진짜라고만 알고 있었으니까. 그러나 남아프리카공화국만큼은 다르다. 그곳은 혼자 가기에는 너무 아깝고 귀한 곳이다. 혼자 가면 반드시 누군가가 필요하다고 금방 절실하게 느낄 만한 땅이다. 그러니까 친구, 동행이 있어야 더 아름답고, 완성되는 여행지. 그곳이 지금까지 내 인생에서는 여기 남아프리카공화국인 것이다.

현지 시간으로 5월 15일 목요일 날씨는 흐리고 구름이 무겁게 끼어 있었다. 케이프타운에 간다고 해서 아무 때나 다 테이블마운틴 정상에 올라갈 수 있는 것은 아니라며 가이드 이 선생은 걱정을 했다. 날씨가 도와줘야 한다고. 해산물로 점심을 먹고 있는데, 구름이 서서히 비켜나는 것이 보였다. 곧 해가 비칠지도 몰랐다. 내일은 비가 온다고 했으니, 오늘 딱 두 시간만이라도 해가 나면 좋을 텐데. 우리는 한마음으로 하늘을 보고 있었다. 다시 이곳에 오게 돼도 같은 사람과는 이닐 기다. 그리고 같은 시산, 같은 마음도. 하늘을 관찰하던 이 선생이 갑자기 "지금입니다, 자 갑시다!" 했다. 베테랑 가이드의 직감이 맞았다. 불과 한두 시간 전까지 날씨 때문에 운행하지 않았던 케이블웨이 앞에 긴 줄이 늘어서 있었다. 한 번에 65명의 관광객을 태우고 360도로 회전하면서 산 정상까지 단번에 올라가는.

　자, 이것은 매우 사소하지만 아직 테이블마운틴에
가보지 않은 미래의 여행자들을 위한 팁이다. 그곳에 올라갈
때는 가방 안에 작은 와인이나 맥주 등 마실 만한 것을 챙겨
가시라. 평지처럼 보이는 신비한 산의 정상, 그 장엄한 암석
위에 앉아서 한눈에 조망되는 케이프타운을 내려다보며 옆
사람과 한잔하는 그 시간을 누려보기를! 나는 아무리 멋진 자연
속에서도 그 자연 자체가 주는 풍광보다 그 속에 있는 어떤
사람, '그들'에게 더 깊은 관심을 느끼고 때로 감동받고는 한다.
테이블마운틴 정상에서 내가 보았던, 미리 준비해온 와인을 한
잔씩 손에 들고 암석에 나란히 앉아 같은 곳을 바라보고 있던
한 노부부의 뒷모습을 보았을 때처럼. 태양에 빛나는 대서양이
거대하고 아름답게 보이는 건 바로 그것과 '지금 같이' 있는 저
사람들 때문이리라.

　나의 케이프타운에서의 정점은 희망봉으로 알려진
희망곶에 올라 대서양과 인도양을 굽어보던 한낮이
아니었을까. 거품으로 만든 흰 산 같은 인도양의 파도는 만의
투명한 옥빛 속에서 온화하게 출렁거린다. 해안 안쪽으로는
유칼립투스, 자카란다 나무, 부겐빌레아, 붉은 꽃을 피운
알로에, 쇠풀 들이 울타리처럼 둘러싸여 있고 그 건강해
보이는 관목 사이로 개코원숭이 한 마리가 오간다. 이 여행에

대해 사진을 찍고 기사를 써야 하는 동행들은 카메라와 함께
사라져 보이지 않고 이곳에 열 번도 더 와봤을 장과 이 선생은
어딘가에서 휴식을 취하고 있고 나는 인도양이 잘 보이는 곳,
아무 데나 주저앉아 있다. 이런 것을 장관이라고 하겠지. 이런
것을 대자연이 주는 감동이라고 하는 거겠지. 그 광활한 자연에
대해서 어떤 언어로 표현해야 할지, 사바나의 대기 속에서
느껴지던 자연의 향기에 대해서 어떤 표현을 찾아내야 할지
몰랐을 때처럼 다시 쩔쩔매면서도 나는 자리에서 움직일 줄
모른다. 언어를 찾지 못하면 모든 감각과 감정을 대기 속에
내맡긴 채로 조금은 센티멘털해져도 좋을지 모른다. 가이드의
조언대로 진짜 '희망'을 기원해볼까. 이곳은 희망봉이라고
하니까. 웃지 않는 사람, 홀로 고독한 사람이 한 명도 없어
보이는 곳이니까. 나는 희망을 기원했다. 그것도 무려 세
가지나. 그중 첫 번째는 넬슨 만델라가 말했던 이 무지개처럼
다양한 인종의 국가가 "안팎이 모두 평화로운" 나라가 되기를.
두 번째는 내가 떠나오기 전 일어난 참사를 겪은 사람들에
대하여. 나는 절벽에 걸터앉아 있었다. 이제 일어나면 천천히
집으로 돌아갈 준비를 해야 할 거였다. 나를 이곳에 있게 만든
기회와 시간들, 내가 보고 느낀 것, 나와 함께했던 많은 것들에
대해 좀 더 생각하고 싶었다. 그래서 나는 남아프리카공화국에
와서 처음 배운 말, 그리고 잊어버리지 않았던 말을 이렇게
혼자 했다.

"시아봉가! 인생."

희망을 빼면 아름다울 수도, 감동도 존엄성도 느낄 수
없을 머나먼 곳. 나는 그곳에 다녀왔다. 5월에 가을 옷을 들고.
그 전에는 이름도 알지 못했던 친구들과.

그 후 우리는 서울에서 종종 만났다. 같이 미주구리회를
먹으러 가기도 했고 와인과 맥주를 섞어 마신 적도 있고 밤의
서촌 일대를 산책한 적도 있다. 중심은 언제나 남아프리카
이야기였다. 여행을 다녀와 가까워진 사람들이 그렇듯. 지난
5월 5일에 장의 번호로 문자메시지가 왔다. 장의 부고를 알리는
메시지였다. 나는 가만히 숨을 참고 휴대전화를 노려보고
있었다. 우리 중 막내 역할을 하는 김에게서 다시 문자메시지가
들어올 때까지. 장의 번호로 온 부고 소식이 진짜 장의
죽음을 알리는 거라는 사실을 확인할 수 있을 때까지. 술은
못하지만 하루 일과를 마친 우리가 술자리를 마칠 때까지 같이
있어주었던 장, 허리에 두르고 있던 가방에서 우리가 필요할
때면 언제나 척척 란드(Rand)로 환전해주곤 했던 장, 내가 술
마시는 양을 확인한 첫날 깜짝 놀라서는 '회개합시다'라고 말해
좌중을 웃겼던 장, 아프리카 전문 여행사 대표답게 현지에서
우리의 든든한 맏형 노릇을 했던 장. 함께 여행을 다녀온
지 일 년이 되는 달에 그는 사무실에서 급성 심근경색으로
세상을 떠났다. 지금 김은 여일하게 신문사에 다니고 여행에서

돌아오자마자 직장을 그만둔 유는 플로리다에서 자동차를 몰고 서쪽으로 두 달 동안 이동해 남미로 넘어가볼까 하곤 떠났고 나는 여기 도쿄 네기시에 와 있다. 남아프리카공화국에 다녀온 후 우리는 그렇게 제각각, 비슷한 것 같으면서도 다른 시간을 살고 있다. 우리가 같이, 혹은 내가 일 년 전에 남아프리카공화국에 다녀왔다는 증거는 어디서도 찾을 수 없을 것이다. 눈으로 본 것, 마음에 담아둔 것은 꺼내서 보여줄 수 없으니까. 그것은 어쩌면 진실과 비슷한 데가 있을지도 모른다. 각각의 면이 있고, 그것의 어떤 면을 보았다고 해서 그것이 전부라고 말할 수도 없으며 틀린 것이라고도 말할 수 없는. 그러나 그것은 빛난다. 보이지 않는 곳에서도, 볼 수 없는 곳에서도. 내가 단 한 번 다녀온 남아프리카공화국에서의 시간도 그랬다. 이따금 시간을 멈추거나 거슬러 올라가고 싶을 때도 있긴 하다. 언제나 그러고 싶은 마음이 들지 않는 건 지금이 유한하다는 것을 알지 못하면 순간순간이 중요하다는 것도 모를 것 같기 때문인가. 기리는 마음이 없다면 처음부터 회고는 불가능할 것이다.

　　내가 지금도 기억하고 있는, 『도덕의 계보』에서 니체가 한 말 중 우리와 가장 가까운 사람은 우리의 이웃이 아니라 그 이웃의 이웃이라는 게 무슨 뜻인지 이해한다면 여행자의 눈은 더 깊어질 수 있다. 어딜 가든 내가 여는 만큼 보이고 들어온다. 낯설고 먼 데일수록, 나에게는 그랬다. 이울어야 할 때인데

차오르고 있는 남반구의 달을 보던 어느 밤에 나는 다른 반도에
있었다. 그러나 남반구에서도 태양은 동쪽에서 떠오른다. 남도
22도에서 36도 사이, 동경 16도에서 33도 사이, 그 '융합과
공존'의 무지개의 영토에서도.

그곳에 가면, 미래의 여행자도 틀림없이 이렇게 말하게
될 것이다.

"감사합니다, 인생!"이라고.

이 글을 쓰면서 참고하거나 인용한 책과 기사는 다음과 같다. 2014년 5월
29일자 〈한국일보〉 유상호 기자, 같은 날 〈조선일보〉 조경란의 남아프리카공화국에
관한 기사들, 앨런 라이트먼의 『아인슈타인의 꿈』.

베트남: 하노이

다른 어딘가에 있다는 것

—

이신조

그들은 베트남에 다다랐지만,
끝내 베트남에 다다르지 못했다.
그리고 그들은 모두 사라졌다.
나는 내가 오래전
연필로 밑줄을 쳐둔 문장들을
낯선 기분으로 바라보다
잠이 들었다.

'그 여행'은 내 기억 속, 이를테면 '5번 시절'과 '6번 시절' 사이, 그 경계의 어디쯤에 놓여 있는 듯하다. 당시 나는 여행의 충동에 사로잡혀 있었다. 한 시절이 결국 끝나버렸기에 여행이 필요했던 걸까, 아니면 한 시절을 기어이 끝내기 위해 여행이 필요했던 걸까.

세상 모든 경계 부근에서 일어나는 일이 그렇듯, 나는 불안정했고, 과민했고, 나 자신을 속일 수 있었다. 도피와 모험은 분간하기 어려웠다. 웃을 수 있었고, 걸을 수 있었지만, 웃으면서 걸을 수는 없었다. 간신히 울면서 걷는 일이 잦아들었을 뿐이었다. 여전히 늪처럼 깊고 어두운 침대에서 빠져나오지 못하는 날이 많았다. 나는 비행기표를 예약했고, 만료된 여권을 갱신했다.

캐리어를 펼쳐놓고, 책장에서 책 세 권을 골랐다. 세 권 모두 이미 읽은 책이었다. 그중 가장 두께가 얇은 크리스토프 바타유의 『다다를 수 없는 나라』정도를 겨우 펼쳐보게 되리라 예감했지만, 읽지 않을 것 같은 책까지도 캐리어 속에 집어넣었다. 무거운 캐리어를 들어 올려보다 문득 마음이 주저앉듯 기울어졌다. 불안 때문이 아니라 설렘 때문이라 생각하고 싶었다.

예상대로 연휴 직전의 공항은 인파로 북적였다. 나는 탑승을 기다리며 한껏 명랑한 투로 몇몇 지인에게 문자메시지를 보냈다. 역시 한껏 명랑한 답신이 도착했지만,

기대만큼 명랑해지지는 않았다.

　　베트남으로 향하는 비행기 안, 승객의 절반은 연휴를
맞아 여행을 떠나는 한국인들이었고, 나머지 절반은 연휴를
맞아 고향을 찾는 베트남 노동자들이었다. 여행지로 향하는
한국인인 내 옆에 고향으로 향하는 베트남인 청년이 앉았다.
기내 음료서비스가 끝났을 즈음 그가 내게 말을 걸어왔다.
그는 내가 자신보다 나이가 많다는 것에 살짝 실망하는 듯했고,
이내 짐짓 안심하는 듯했다. 베트남에 도착하기까지 몇 시간
동안, 청년은 나를 계속 '루나'라고 불렀다. '누나'라고 발음을
정정해주었지만, 유난히 살가운 태도에 루나면 어떠냐 싶었다.

　　누나보다 훨씬 발음이 어려웠던 그의 이름은 이제
기억나지 않는다. 대신 그가 스물다섯 살이라는 것, 안산의 한
가구공장에서 일하고 있다는 것, 이 년 만에 고향에 다녀오게
되었다는 것, 연휴 보너스로 가족들 선물을 많이 샀다는
것, 고향은 비행기에서 내려 다시 몇 시간쯤 버스를 타고
가야 하는 시골의 작은 마을이라는 것, 그가 번 돈으로 그의
남동생이 하노이에서 대학을 다니고 있다는 것, 여동생들도
모두 대학에 가고 싶어 한다는 것, 그런데 한국의 겨울은 정말
춥다는 것 등등, 그가 어눌한 발음의 한국어로 했던 이야기들은
지금껏 기억하고 있다. 청년과 나는 공항에 도착해 외국인과
내국인으로 나뉘는 입국심사대 앞에서 손을 흔들고 헤어졌다.

　　하노이 시내까지는 두 명의 영국 아가씨와 택시 합승을

했다. 택시는 내내 곡예운전을 했다. 하노이가 가까워질수록 도로 가득 셀 수 없이 늘어난 오토바이가 요란하게 경적을 울리며 그 이상 곡예운전을 했다. 뒷자리의 영국 아가씨들이 특유의 영국식 발음으로 연발하는 '오 마이 갓'을 들으며 나는 고향 마을로 향하고 있을 베트남 청년을 생각했다. 그리고 아버지를 생각했다. 내가 처음 베트남을 알게 된 것은 월남전 파병 군인이었던 아버지의 오래된 흑백사진을 통해서였다. 사진 속 아버지는 군복차림에 선글라스를 끼고 야자수에 기대어 서 있었다. 한껏 미소를 짓고 있어 어쩐지 전쟁터가 아닌 유원지에서 찍은 사진 같다는 생각이 들었다. 사진 속 아버지는 베트남 청년과 마찬가지로 '청년'이었다.

'여행자의 거리'라 불리는 하노이 구시가 항박에서 택시를 내렸다. 캐리어를 끌고 좁은 골목길을 걷고 있자니 이내 숙소를 권하는 호객꾼이 다가왔다. 비행기에서 나를 루나라 부르던 청년과는 사뭇 다른 느낌이었다. 예약한 곳이 있는 척하며 그들을 피했다. 골목 어귀 작은 호텔의 이층 구석방에 들었다. 내부 시설을 꼼꼼히 살펴본 다음 숙소를 정하고 싶었지만, 어쩐지 그럴 의욕이 사라져 순순히 지배인을 따라 무거운 캐리어를 들고 좁은 나선계단을 올랐다. 방은 작고 어둡고 서늘했다. 시트도 커튼도 벽도 모두 흰색이었다. 방 전체에서 처음 맡아보는 냄새가 났다. 짐짓 초라한 것까지는 아니라고 생색을 내듯 탁자 위 화병에 장미 한 송이가 꽂혀

있었다. 작은 창문을 열자 건너편 건물의 낡고 더러운 벽이
닿을 듯 가까웠다. 창문을 닫고 쓰러지듯 침대에 누웠다.
낯선 시공간의 성분을 감지하느라 감각의 촉수들이 제멋대로
펼쳐지고 있었다.

　　몸을 뒤채며 아침에 집을 나서 이곳에 도착하기까지의
과정을 복기해보았다. 비행기 안에서 외국인의 한국어에 애써
귀를 기울인 탓인지, 연이어 택시의 곡예운전과 오토바이의
소음에 시달린 탓인지, 복잡한 거리를 헤매다 나선계단이
있는 호텔에 묵게 된 탓인지, 어지러움과 메스꺼움이
희미한 연기처럼 침대 주변을 감쌌다. 캐리어를 펼쳐 옷을
갈아입기까지 한참이나 시간이 걸렸다.

　　작은 배낭에 간단히 소지품을 챙겨 호텔을 나섰다.
항박 거리에 막 저녁이 시작되고 있었다. 뜨겁고 진한 국물의
쌀국수를 찾아 이국의 거리를 걸었다. 현지인이 찾는 노점
식당은 다음 날 도전하기로 하고, 일단 식당 입구에 영어
메뉴판을 펼쳐둔 곳을 골랐다. 하노이에서의 첫 쌀국수를
기다리며, 여행안내서의 '베트남 음식' 편을 살폈다. 퍼(pho)는
국수, 껌(com)은 밥, 짜조(cha gio)는 스프링롤, 반짱(banh trang)은
라이스페이퍼, 보(bo)는 소, 가(ga)는 닭. 온전히 이곳에서 나고
자라고 거둔 식재료들, 내가 알던 것과는 다른 이름을 가져야
마땅한 음식들. 과연 내가 알던 쌀국수와는 다른 쌀국수, 다른
차원의, 다른 우주의, 다른 질서와 다른 섭리 아래 놓여 있는

하노이의 쌀국수. 섬세하고 정밀하게 맛을 표현하기 위해 이곳의 언어를 새로 배워야만 할 것 같은 맛이었다. 식사를 마친 나는 젓가락 끝에 피시소스를 찍어 그것을 다시 내 혀끝에 찍었다. 베트남 식탁이라는 입국심사대. What's the purpose of your trip? 입안에 새로 입국허가 스탬프가 찍힌 셈이었다.

식사 후 천천히 거리를 걸었다. 섣불리 무엇도 시도하지 않으려 노력했다. 호텔방으로 돌아와 샤워를 하고 밤을 맞았다. 작은 텔레비전을 켜니 가수 겸 배우인 한류 스타의 다큐멘터리가 방영되고 있었다. 한국어 음성에 베트남어 자막. 텔레비전을 끄고 짐 정리를 했다. 고향 마을에 도착해 한국에서 사온 선물을 가족들 앞에 풀어놓았을 베트남 청년을 생각했다. 얼마 전 항암 치료를 마친 아버지를 생각했다. 오래전, 일 년여의 베트남 복무를 끝내고 귀국하며 아버지는 미군 부대를 통해 구입한 커다란 전축과 스피커를 힘겹게 짊어지고 돌아왔다고 했다. 내 유년의 음악은 예의 마란츠 전축과 파이오니아 스피커를 통해 흘러나왔다. 〈사운드 오브 뮤직〉과 〈라스트 콘서트〉의 OST, 사이먼&가펑클과 트윈폴리오의 포크송, 턴테이블 위에 조심스레 바늘을 올려놔야 했던 LP판들……

그리고 그날 밤 나는 프랑스 소설『다다를 수 없는 나라』의 원제가『안남(ANNAM)』이라는 것을 뒤늦게 발견했다. '안남' 혹은 '월남(越南)'은 과거 중국이 베트남을 지칭하는

말이었다. 여행안내서에 따르면 '베트(viet)'는 한자 월(越)의
베트남 현지 발음이라는 것. 나는 침대에 누워 수년 전 읽었던
책의 페이지를 이리저리 뒤적였다. 오래전 '안남'이라는 제목을
눈 밝게 알아보지 못한 것은 '다다를 수 없는 나라'라는 제목에
기꺼이 매료되었기 때문일 것이다. 소설 속, 1788년 일군의
프랑스 수사와 수녀 들이 포교를 목적으로 범선에 몸을 싣고
베트남으로의 긴 항해를 떠난다. 그들은 베트남에 다다랐지만,
끝내 베트남에 다다르지 못했다. 그리고 그들은 모두 사라졌다.
나는 내가 오래전 연필로 밑줄을 쳐둔 문장들을 낯선 기분으로
바라보다 잠이 들었다.

> – 그녀의 기도는 곧바로 핵심을 향했고, 이제 유혹 같은 것은
> 존재하지도 않았다. 세계는 속이 빈 조가비였다.
> – 고독한 생활 속에서 그들은 자신들의 마음속을 헤아려보는
> 방법을 배웠다. 마음속에 일어나는 욕망이 점점 더 줄어들었다.
> – 오렌지 빛 들판은 고요했다. 순간들이 느리게 지나가고
> 있었다.
> – 그 여자는 사람의 영혼을 진정시키고 몸을 돌볼 줄 알았다.

아침이면 호텔 앞 골목길에 즉석으로 시장이 생겨났다.
중년의 여자들이 담장 앞에 앉아 크고 작은 바구니를 놓고
달걀, 토마토, 라임, 오이, 고추, 무, 각종 향신채 등을

팔았다. 한국에서 보던 것과는 모양과 빛깔이 조금씩 달랐다. 이름을 알지 못하는 과일과 채소도 여럿이었는데, 열대 휴양지의 리조트를 홍보하는 사진 속 장식품 같은 과일과 채소의 느낌이 아니었다. 바나나가 수북이 담긴 바구니를 양 끝에 매단 긴 막대를 거뜬히 어깨에 걸친 장사꾼은 중년의 여자였다. 부위별로 1킬로그램 정도씩 자른 고깃덩어리를 그대로 나무판자에 올려놓고 파는 노점 정육점도 있었다. 노점 정육점에는 냉장고도, 얼음도 없었다. 칼도, 도마도, 저울도 보이지 않았다. 랩이나 포일, 스티로폼 용기가 없는 정육점. 그럼에도 선홍빛 고깃덩어리는 믿을 수 없을 만큼 신선해보였다. 그리고 쌀국수가 있었다. 끓는 물에 데쳐 찬물에 헹군 다음 물기를 빼고 두 주먹 크기로 둥글게 뭉쳐놓은 쌀국수 다발, 역시 중년 여자들이 쌀국수 면을 겹겹이 넓적한 나뭇잎을 깐 바구니에 담아 팔고 있었다. 골목 안 어딘가에 살고 있는 여자들이 아침마다 늘 반복하는 일인 양 익힌 쌀국수 면을 사러왔다. 쌀국수 다발은 예의 나뭇잎에 포장되어 그녀들의 손에 들렸다. 다른 나라에서 아침마다 갓 나온 빵이나 우유를 사는 것처럼, 하노이 사람은 아침에 갓 나온 쌀국수 면을 사서 아침 식사를 해먹는 모양이었다. 그런 경우가 아니라면 아침 외식이 일반적인 것 같았다. 메뉴는 물론 두말할 것도 없이 쌀국수. 아이와 부모, 청년과 노인, 가족인 듯 아닌 듯 많은 사람이 플라스틱으로 된 앉은뱅이 의자를 차지하고 앉아 노점 식당에서 쌀국수를 먹었다.

　　팔러 나온 과일을 다 팔았는지, 그 돈으로 아침 식사를
마쳤는지, 빈 바구니를 발치에 두고 원뿔 모양의 대나무 모자를
쓴 중년 여자가 유리잔에 담긴 커피를 마시고 있었다. 차가운
얼음과 다디단 연유를 넣은 베트남식 커피, 카페 쓰어다(cafe sua
da). 모자 아래 표정은 제대로 살필 수 없었다. 커피를 마시는
그녀를 바라보며 나는 베트남이 전통적인 모계사회라는 것에
대해 생각했다. 아침 산책을 마치고 호텔로 돌아와 외출 채비를
하고 다시 거리로 나오면, 골목길 노점 시장은 어느새 사라지고
없었다.

　　여행 사흘째, 호텔을 옮겼다. 방이 조금 더 넓었고,
욕실이 조금 더 깨끗했고, 실내 인테리어가 조금 더
그럴싸했다. 그러나 숙박을 결정한 진짜 이유는 무료로
제공되는 조식이 쌀국수라는 점 때문이었다.

　　며칠에 한 번꼴로 항박거리 중심가에 야시장이 섰다.
항박은 동남아시아의 여느 휴양도시와 닮은 듯하면서도,
'이방인의 해방구'라는 느낌까지는 들지 않았다. 하노이
야시장의 주인공은 젊은 상인, 젊은 연인, 젊은 부부, 그들의
어린아이였다. 수많은 외국인이 섞여 있었지만, 그곳의
리듬을 만들어내고 있는 것은 엄연히 베트남인이었다. 그들이
배타적인 태도를 보여서도, 유난한 존재감을 가져서도
아니었다. 베트남의 날씨나 볍씨나 피시소스처럼, 크게

달라져본 적 없는 영혼, 얇은 옷감 아래 드러난 군살 없이
가는 팔다리가 무심한 듯 유연하고 재바르게 움직이는
거리, 정신없이 소란스럽게 울려대지만 위협적이거나
폭력적이라고는 느껴지지 않는 오토바이 경적. 나는 질소
풍선을 파는 아가씨에게, 아이의 장난감을 골라주는
젊은 부모에게, 매캐한 연기 속에 꼬치를 굽는 청년에게
카메라를 가리키며 물었다. May I take picture of you? 짧은
영어를 알아들어서가 아니라, 외국인 여행자에게 특별히
호의적이어서가 아니라, 그것이 야시장에서 잠깐의 즐거운
순간일 수 있으므로. 그들은 활짝 미소를 지으며, 손을
흔들며, 제 아이를 번쩍 안아올리며 내게 포즈를 취해주었다.
중국도, 프랑스도, 미국도 끝끝내 차지하지 못한 나라, 애초에
차지한다는 것 자체가 성립되지 않는 나라, 다다를 수 없는
나라. 나는 야시장이 선 밤거리에서 사탕수수를 압착해 만든
주스를 마시며, 9천만 명이 넘는 베트남 국민의 평균 나이가
26세라는 것에 대해 생각했다. 하노이는 젊었다. 그 자체로
청년인 도시였다. 중년과 노년의 사람은 이를테면 아침에
잠깐 등장했다 사라지는 노점처럼 존재했다. 적어도 항박의
거리에서는 그랬다.

하노이 역 맞은편에 위치한 문묘는 1076년 세워진
베트남 최초의 유교사원이다. 이후 규모를 늘리며 대학으로
변모해 매년 높은 경쟁률의 과거 시험이 치러졌고, 한때 2만여

명의 학자가 함께 공부한 곳이기도 하다.

　　문묘가 세워진 지 천 년쯤이 지난 그날 오후, 고풍스러운
정원 여기저기에 흩어져 미술대학 학생들이 스케치 수업에
참여하고 있었다. 몇몇에게 양해를 구하고 그들의 사진을
찍었다. 그들은 내 주문대로 스케치하는 포즈를 취해주기도
했고, V자를 그리며 장난스러운 단체사진을 연출하기도 했다.
그들 역시 비행기에서 만난 청년처럼 수줍어하면서도 밝게
웃으며 살가운 호의를 보였다. 그들의 질문에 내가 한국인임을
밝히자, 이내 한류 스타들의 이름이 소란스럽게 귓전을 메웠다.
천진하고 무구한 젊음, 의욕, 패기, 야심, 도전 정신 같은
단어들이 맨 첫 줄을 장식하지 않는 젊음, 그래도 되는 젊음, 갓
데쳐낸 흰 쌀국수 다발같이 양순하고 부드러운 젊음, 어쩌면 천
년의 사원보다 더 오래되었을지도 모를 젊음. 그 에너지가 한
그릇의 담백한 쌀국수처럼 따스하게 몸속으로 스며들었다.

　　역시나 세 권의 책 중 간신히 펼쳐들게 되는 것은
『다다를 수 없는 나라』뿐이었다. 안남이란 나라에 와서
안남이라는 제목의 소설을 읽고 가는 것이 특별할 것도 없는
나름의 목표가 되었다.

　　- 그들은 고되고 절제된 생활을 했다. 저녁이면 한 자루 촛불의
　　불꽃 아래서 기도를 했다. 더 이상 진심이 깃들어 있지 않았다.

시편을 낭송하는 것도 습관에 지나지 않았다. 그들의 소망들은 베트남의 무기력 속에서 지워졌다.

딱 한 번 인력거를 탔다. 영화 〈시클로〉와는 당연히 달랐다. 하루 일정으로 하롱베이에 다녀오기도 했다. 영화 〈인도차이나〉와는 당연히 달랐다. 실망한 것은 아니었다. 다만 지난 시절 최고의 히트곡이라 할 수 있는 라디오헤드의 〈Creep〉이 〈시클로〉의 삽입곡이라는 것도, 〈인도차이나〉에서 뱅상 페레즈가 카트린 드뇌브를 향해 "당신이 이렇게 애원하는 여자였어?"라고 환멸조로 말한 것도 정작 베트남과는 아무런 상관이 없다고 느껴졌다.

관광지 주변을 벗어나 걸었다. 굳이 감탄하지 않아도 낯선 풍경에 주의를 기울일 수 있다는 사실은 잠시나마 스스로를 잊게 한다. 미국계 패스트푸드점과 일본산 혹은 한국산 전자제품을 파는 상점이 눈에 띄었다. 화려함이 지나쳐 요란하다는 인상을 주는 디자인의 웨딩드레스와 대형 웨딩사진을 쇼윈도에 내건 엇비슷한 웨딩숍이 밀집한 곳도 있었다. '베트남의 옷'이라 할 수 있는 아오자이는 '롱드레스'라는 뜻, 사진 속 또 다른 롱드레스인 하얀 웨딩드레스를 입은 신부는 어딘가 베트남 여자처럼 보이지 않았다. 그 옆자리에 머리 없는 마네킹이 피로연의 파티복으로 개조한 아오자이를 입고 서 있었다. 쇼윈도 앞에서 여자가 롱드레스를 입는다는 것에 대해 잠시 생각했다. 얼마쯤 걷다가, 가로수 나뭇가지에 네모난 거울을 매달고 등받이 없는 의자 하나로 영업을 하는 노점 이발소를 발견했다. 이발사는 젊은 여자였다. 포니테일로 묶은 머리에 화장기 없는 얼굴, 무늬 없는 반소매 셔츠에 칠부 바지, 맨발에 슬리퍼를 신은 그녀는 하노이 어디서나 볼 수 있는 전형적인 인상의 이십대 아가씨였다. 그녀는 손님용 의자에 다리를 꼬고 앉아 심상한 표정으로 신문을 읽고 있었다. 손님이 나타나 그녀가 빗과 가위를 들고 이발하는 모습을 지켜볼 수 있다면 좋겠다 생각했지만, 손님은 좀처럼 나타나지 않았다.

레닌의 동상이 있는 공원에서 멀지 않은 곳에 북한대사관이 있었다. 복잡한 마음으로 그곳을 바라보다 자리를 떴다. 다시 항박거리로 향했다.

항박 근처 호안끼엠 호수는 하노이의 상징이라 불리는 곳이다. 1킬로미터쯤 되는 호수 둘레를 에워싼 커다란 나무들이 물가를 향해 짙푸른 이파리를 늘어뜨리고 있었다. 한껏 부풀어오른 뭉게구름이 호수 표면에 내비쳤다. 푸른 하늘이 투명한 햇빛을 거리낌 없이 쏟아내는 오후였다. 전통의상을 입은 중년여성 네댓 명이 베일 것 같지 않은 긴 칼을 들고 태극권을 하듯 군무를 추고 있었다. 단체관광을 하는 외국인 여행객이 줄을 지어 호수 가운데 있는 작은 섬의 사당으로 향하고 있었다.

전설이 깃들어 있는 호수였다. 15세기 무렵, 베트남의 왕이 이 호수에 배를 띄우고 물놀이를 즐기던 중, 물속에서 거북이 나타났다고 한다. 왕은 거북으로부터 보검(寶劍)을 얻게 되었다. 그 칼을 지니고 전쟁터로 나간 왕은 명나라와의 싸움을 승리로 이끌었다. 전쟁이 끝나고 호수로 돌아와 다시 배를 띄우자, 예의 거북이 나타나 그 칼을 가지고 물속으로 사라졌다는 전설이다. 호안끼엠은 '검을 돌려주다(還劍)'라는 뜻이다. 나는 돌로 만든 벤치에 앉아 호수를 바라보며, 호수의 이름이 검을 얻다(得劍)가 아닌 검을 돌려주다라는 것에 대해 생각했다.

　　　돌아갈 날이 가까워오고 있었다. 나는 한국으로 전화를 걸었다. 조금 더 자상하고 차분했으면 좋았을 통화, 그리고 역시 걸지 않는 편이 좋았을 통화.

　　　다녀온 사람들이 딱히 추천하지 않았던 수상인형극을 보고, 며칠 새 단골이 되어버린 식당에서 뷔페식으로 고른 재료로 즉석에서 만든 볶음밥을 먹고, 카페 쓰어다를 마시고, 지인에게 줄 선물을 고르며 쇼핑을 하고, 우연히 발견한 작은 갤러리에서 베트남 화가가 그린 그림을 보았다. 그렇게 몇 시간을 보낸 뒤, 호텔 방으로 돌아온 나는 휴대폰을 잃어버렸다는 것을 알았다.

– 지아 라이들은 눈에 보이지 않는 정령들이 가득 깃들어 있는 어떤 세계를 믿고 있었다. 만물 속에 신이 있었다. 저마다의 존재는 비록 생명 없는 것이라 하더라도 하나씩의 영혼은 지니고 있었다. 이 베트남 사람들은 얌전하고 조용했다. 참을성 있는 그들은 자기들의 신호들 하나하나 속에 담긴 우주를 섬겼다. 달이나 바람처럼 비가 그들에게 말을 했다.

나는 안남에서, 다다를 수 없는 나라, 안남을 다시 읽었다. 도미니크 수사와 카트린느 수녀는 결코 베트남인을 포교하지 못했다. 베트남인이 그들을 배척했다거나, 그들이 베트남인에게 동화되었다거나 한 것은 아니었다. 그들은 그저 자신들이 몰랐던 자신을 알게 되고 그에 따르게 되었을 뿐이었다. 다시는 그 전으로 돌아갈 수 없게 되었을 뿐이었다. 그들은 자신이 세상으로부터 잊히고 사라져버렸음에 괴로워하는 일이 불가능하다는 것을 깨달았다. 종교의 설교도, 군대의 점령도, 믿을 수 없는 일탈도, 아무래도 상관없는 것이 되어버리는 곳. 코끼리가 쟁기를 끌고, 진흙 강이 범람해 모든 것이 진흙투성이가 되고, 일 년에 세 번이나 쌀을 거둘 수 있는 곳, 결국 이기는 것, 오직 남게 되는 아무도 모르는 것.

호수에 빠뜨린 것이 아님에도, 나는 책장을 덮고 침대에 누워 내 휴대폰이 물속으로 가라앉는 모습을 반복해서 떠올렸다. 보검과 거북, 호수 속의 거북이 나타나 검을 돌려달라고 한다면, 나는 순순히 검을 내어줄 수 있을까.

돌아가는 날은 밤 비행기를 타야 했다. 늦은 오후 무렵부터 비가 쏟아졌다. 체크아웃을 한 호텔에 공항까지의 택시와 짐 보관을 부탁하고 다시 거리로 나섰다. 마지막 쌀국수를 먹고, 식사를 마친 다음에도 식당의 새끼 고양이와 한동안 시간을 보내고, 베트남의 프랜차이즈 카페 〈하이랜드 커피〉에서 마지막 커피를 마셨다. 거리에 완전히 어둠이 내렸고, 빗줄기는 더욱 거세졌다. 나는 카페 이층 야외테라스의 빗물이 닿지 않는 테이블에 앉아 베트남에서의 시간을, 한 시절과 한 시절 사이의 시간을 되새기려 노력했다. 어떤 시간이 지나갔는지는 간신히 알 수 있었으나, 어떤 시간이 다가올지는 도무지 알 수 없었다.

택시를 타고 공항을 향해 어두운 도로를 달렸다. 당연히 처음과 같은 사람이 아니었지만, 이번에도 운전기사는 과속에 곡예운전을 했다. 나를 루나라고 불렀던 베트남 청년이 떠올랐다. 그도 다시 한국으로 돌아가고 있으리라. 그리고 나는 아버지를 떠올렸다. 아버지는 월남전 당시 부대 내 지휘관의 지프를 모는 운전병이었다. 이 글을 쓰는 지금, 아버지는 세상에 없다. 세상이 아닌 다른 어딘가에 있다는 것을 안다. 나와 아버지는 각자가 경험했던 베트남을 서로에게 제대로 들려주지 못했다. 우리는 서로의 청년이 끝난 지점에 대해 잘 알지 못한다. 그러지 않을 수도 있었지만, 그렇게 되고 말았다.

아버지가 베트남에서 가져온 전축과 스피커는 아버지보다
훨씬 먼저 사라졌다. 그 많던 LP 레코드판도 모두 사라졌다.
아니, 다른 어딘가에 있다는 것을 안다. 비행기 안에서 전혀
잠을 청하지 못한 나는 애써 구름 위의 일출을 보았다. 서울에
도착하니 지독히 졸린 아침이었다. 부랴부랴 새 휴대폰을
장만해야 했다.

　　세상을 떠났기에, 베트남은 아버지가 가본 유일한
외국이다.

다른 어딘가에 있다는 것

이탈리아: 돌로미티

달의 뒤편을 찾아서

—

박후기

한두 달 정도 머물 수만 있다면,
도시이든 사람이든
서로 이상적인 시간이 될 수도 있겠다는
생각을 하다가 이내 지워버린다.
여행지에서 죽을 수는 있어도
여행지에서 살 수는 없는 것이기
때문이다.

달의 뒤편을 본 적 있는가? 본 적 없다고 해서, 아니, 볼 수 없다고 해서 달의 뒤편을 부정하는 사람은 없을 것이다. 달의 뒤편을 찾아 떠나는 길, 나는 그것을 여행이라 부르고 싶다. 내가 한 번도 가본 적 없는 곳, 내가 단 한 번도 나를 풀어놓지 않았던 곳에 닿아 비로소 생활 전선의 금(線) 밖으로 나를 놓아주는 것이 여행의 시작이며 끝이다. 떠나는 일은 언제나 시도만 있을 뿐이고, 우리는 죽을 때까지 그 어느 곳에도 도달하지 못한다.

내게는 어디에나 있지만 어디에도 없는 현실을 찾아 나서는 것만이 여행의 전부이다. 그리하여 물어물어 찾아간 곳이 알프스 산맥 뒤편인 이탈리아 돌로미티이다.

모스크바 세레메티예보 공항에서 환승해 베네치아로 가기로 한다.

몇 번의 생을 갈아탔는지 알 수는 없지만, 나는 윤회의 느낌을 알 것 같다. 정해진 길을 가고 있으나 언제 어떻게 이탈할지 모르는 궤도 위의 불안을 고스란히 안고 가는 것이 삶이라면, 우리는 다음 생을 놓친 사람들이 분명하다.

북구(北歐)의 저녁은 길다. 나는 그 긴 저녁의 도입부에서 지체 없이 날아오른다. 공항은 이념과 사상을 가리지 않는 유일한 자유구역이다. 맨 처음 에드워드 스노든의 망명지가 공항일 수밖에 없었던 것은 그가 자유를 향한 날개를 꺾지 않았기 때문일 것이다. 다시, 자유란 무엇인가 생각한다. 우리를 떠날 수 없게 만드는 것 혹은 돌아갈 수 없게 만드는 것이 자유의 반대 개념은 아닐까.

지상에 발을 디디는 순간, 사유는 비로소 현실감을 갖게 된다. 그러므로 중력은 우리 생에서 없어서는 안 될 중요한 요소이다. 여행에서는 특히 중력이 강하게 작용한다. 짧은 시간이지만 강렬함을 갖게 되는 풍경의 중력은 우리의 마음을 끌어들이기에 충분하다.

베네치아에서 밤을 보낸 후, 새벽에 일어나 철길을 따라 무작정 바다 쪽으로 걷다가 두 시간 후 되돌아온다. 이곳은 이탈리아 베네치아이지만, 나는 바다를 보기 위해 이곳에 온 것은 아니다. 호텔로 돌아와 커피를 마신다. 어쩌면 나는 바다보다 커피가 그리웠는지도 모른다.

베네치아에서 이탈리아 알프스 돌로미티의 중심 도시인 코르티나 담페초로 가기 위해서는 자동차를 빌리든지, 아니면 버스를 타야 한다. 베네치아가 만인의 도시라면, 코르티나 담페초는 기어이 그곳에 닿고자 하는 한두 사람만의 도시이다. 당연히 함께 가는 즐거움보다 혼자 가는 적막과 약간의 두려움을 지고 가야 한다.

바포레토 역에 있는 베네치아 버스 정류장에 가서 시내버스와 고속버스 정류장이 아닌 공항버스(ATVO)

매표소에서 코르티나 담페초행 버스 티켓을 구해야 한다. 계절마다 시간이 바뀌며, 왕복 티켓은 없다. 원웨이, 즉 편도만 구입이 가능하다.

어차피 인생은 편도가 아니겠는가. 떠난다는 것은 깊게 들이쉬다 내뱉은 한숨과도 같아서, 다시 집어삼킬 수는 없다. 다시 숨은 쉬겠지만, 한번 떠난 마음은 돌이킬 수 없다. 여행은, 그러므로 내뱉은 한숨과도 같은 것이다. 다시 돌아오지 않아도 좋겠다는 생각이 들 때, 비로소 우리는 완전하게 떠날 수 있는 것이다.

나는 버스를 타지 않고, 자동차를 이용해 베네치아를 떠난다. 세 시간 만에 돌로미티의 깊은 자궁 속, 코르티나 담페초에 도착한다.

코르티나 담페초, 아직은 중국인이 잘 모르는 곳. 한국인 또한 잘 보이지 않고 일본인만 드문드문 보이는 휴양도시이다. 물론, 이탈리아인이나 독일인으로 넘치는 곳인데, 이탈리아 땅에 독일인이 넘치는 이유는 한때 이곳 돌로미티 지역이 독일과 오스트리아의 영토였던 곳이기 때문이다. 지금도 독일 국기를 내걸고 독일어를 쓰는 마을이 적지 않다.

호텔에 짐을 풀고 산책을 나선다. 에스프레소 한 잔을 앞에 두고, 골목을 지키는 작은 카페의 탁자에 앉아 국경의 의미를 따져본다. 예전엔 저 등 뒤의 커다란 알프스 산맥이

국경의 역할을 했을 것이다. 기원전, 카르타고의 한니발이
알프스 산맥을 넘어 로마로 진격하기 전까지, 알프스는 위아래
사람들 모두에게 넘을 수 없는 경계였다. 겨울에 저 산을
넘는다는 것은 모든 것을 건다는 말이었다.

이탈리아에 집중한 일본인이 적지 않은데, 유럽에
집중했다는 표현이 적확할 것이나 로마나 밀라노, 피렌체가
아닌 코르티나 담페초에서 일장기가 걸린 호텔을 만난다는
것은 색다른 느낌을 불러온다.

코르티나 담페초는 해발 1244미터에 위치한 도시로,
1956년 동계올림픽이 열렸던 곳이다. 지금도 도시 외곽엔
스키 점프대의 흔적이 남아 있는데, 더 이상 스키어들이
날아오르지는 못한다. 작은 수도원으로부터 시작된 마을임을
증명이라도 하듯 성당이 도시 곳곳에 자리하고 있다.

이곳을 중심으로 자동차, 자전거를 이용해 어디로든
이동할 수 있게 되어 있다. 오토 캠핑장이 세 곳 마련되어
있으며, 특히 자전거 도로는 거미줄처럼 모든 곳으로
연결되게끔 만들어놓았다. 물가가 생각보다 비싸기 때문에
계획 없이 오래 머물 수 있는 곳은 아니다. 겨울 스키 시즌에
호텔을 구하는 것은 쉽지 않거니와 그 비용 또한 만만치 않다.

알프스, 하면 우리는 흔히 스위스를 생각한다. 앞뒤
간격 없이 사람에 치이며 인터라켄에 가서, 기차를 타고 다시

갈아타기를 반복하며 융프라우 정상으로 이동하는 것이 우리가 알고 있는 알프스의 모습이다.

대개 여행상품들은 비용의 효율성을 높이기 위해 단체상품 위주로 판매가 된다. 상품 규모가 클수록 여행사가 취할 수 있는 이익이 늘어나기 때문이다. 그러다 보니 접근성이나 비용을 고려하는 것은 물론, 다수의 참가자가 원하는 곳으로 코스를 정하게 된다. 규모가 큰 여행사라 할지라도 각각의 지역은 소규모 여행사나 가이드와 계약을 맺고 그들에게 여행자들을 맡기는 것이다. 당연히 이탈리아 알프스보다는 스위스 알프스로 갈 수밖에 없게 된다.

여행은 혼자 다녀야 한다. 가족 단위의 여행을 제외한다면, 혼자 만나는 세상은 여러 사람과 함께 단체로 줄지어 만나는 세상과는 그 느낌 자체가 다르다. 물론, 여행길에서 만나는 사람과의 여정이 며칠 동안 같은 길 안에서 이어지는 것은 색다른 즐거움을 주기도 한다.

우리가 각자의 생을 살아가는 것처럼, 여행자들은 각자의 지도를 보고 움직여야 한다. 시간과 숙소와 거리와 교통은 나만을 위해 측정되고 예약되며 측량되고 예매되어야 한다. 그 모든 행위는 오로지 나만을 위한 투자여야 하고 나만을 위한 소비여야 한다. 내가 아닌 당신과 우리와 우리 모두에 초점이 맞춰진다면, 우리의 생처럼 앞사람의 뒷모습만 보고 쫓아가는 역할을 부여받게 되는 것이다. 가끔, 자유시간이 주어지기도 하겠지만 그것이 진정한 자유는 아니다.

산 아래의 적막은 땅거미와 함께 찾아오지만,
산꼭대기의 적막은 혼자 있을 때 찾아온다. 산정은 그 자체로
적막하여서 어떤 때는 두 사람이 함께 있어도 서로 적막할 때가
있다. 관계란 것은 어쩌면 만들어지는 것이 아니라 주어지는
것이라는 생각이 든다. 나는 한여름에 3343미터의 이탈리아
알프스 산꼭대기에 쌓인 눈을 밟으며 한없이 가벼운 존재의
무게를 눈밭에 새긴다. 265밀리미터 크기로, 왔다 간다고 작은
소리로 읊조린다.

돌로미티를 제대로 느끼려면 최소한 2박 3일 이상은
필요하고, 여름과 겨울 풍경이 전혀 다르므로 두 계절을 모두
경험하는 것이 좋다. 아니, 어느 한 계절이든 돌로미티를
찾아왔다면 반대편의 나머지 계절을 만나지 않고서는 견딜 수
없을 것이며, 그 절실한 기다림은 시간이 갈수록 더할 것이다.
누군가의 사랑 안에 갇히길 원한다면, 그 사람에게 건넨 마음을
기다리지 말아야 한다. 되돌려 받을 것은 아무것도 없다.
우리가 우리의 생을 보상받으려고 사랑을 하는 것이 아닌
것처럼 말이다. 다만, 그곳에 있는 마음으로 다시 살기 위해
과거로 돌아가고 싶을 뿐이다.

케이블카는 땅과 하늘, 현실과 이상을 연결해주는
장치이다. 곳곳에 트레킹 코스와 리프트가 연결되어 있다.

3000미터 높이까지 연결된 케이블카는 겨울엔 스키어들을 나르고, 여름엔 트레킹 족이나 관광객들을 산정으로 데려다준다. 몇 번을 갈아타야만 꼭대기에 오를 수 있다는 것이나, 어느 지점에 내리더라도 길이 연결돼 있다는 것은 인간사와 다를 바가 없다. 한순간의 선택이 전혀 다른 길을 걷게 하기에, 산에서 내려왔을 땐 다른 반대의 지점에 서 있을 수도 있는 것이다. 봄, 가을 비수기에는 정비를 위해 한 달 정도 케이블카 운행이 중단된다.

돌로미티에는 여름과 겨울이 동시에 존재한다. 산꼭대기에는 여름에도 눈이 쌓여 있기는 하지만 걷기에 아주 적당한 기온이다. 그래도 두꺼운 바람막이 겉옷은 필수이다. 물론, 겨울에는 위아래 구분할 것 없이 설국이다. 토파나 봉을 오르는 케이블카를 세 번 갈아타면 3000미터 고봉에 오를 수 있는데, 중간에 음식을 판매하는 산장이 있어 쉴 수도 있으며 여기에서 각각의 트레킹 코스와 연결되기도 한다.

융프라우에서 기차를 타면 인간의 눈높이에서 알프스를 보게 되지만, 돌로미티에서는 신의 위치에서 알프스를 내려다볼 수 있다. 그다지 다를 것은 없겠지만, 사람보다는 나무와 산과 적막이 더 많은 대자연 앞에 섰을 때 우리는 비로소 신을 생각하는 것 같다. 작고 나약함을 통해 신을 만나는 것이 아니라, 혼자 고독함으로 서 있을 때 신이 나타나는 것은 아닐까.

　'신들의 지붕'이라는 별칭으로도 불리는 돌로미티는 산지 이름이다. 이탈리아 북동쪽의 거대한 산악 지역 전체를 부르는 말이며, 이 지역의 큰 돌산들을 돌로미테라고도 부른다. 돌로미티는 이탈리아 북부 세 개의 주에 속해 있는데, 이를 세분하여 다시 일곱 지역으로 나눈다. 매우 드넓은 산지인 돌로미티는 거의 전부가 유네스코 자연유산으로 지정되어 있을 만큼 뛰어난 경치를 지니고 있다.

　돌로미티의 어원은 프랑스의 지질학자 데오다 드 돌로미외로부터 비롯되었다. 나폴레옹 시대의 지질학자였던 돌로미외가 산지 암석에서 마그네슘이 들어 있는 백운석을 발견한 이후 이를 기념하여, 이 지역 암석에 그의 이름을 따서 돌로마이트라고 부르게 된 것이다.

　돌로마이트는 약 2억 년 전에 생성된 암석으로, 지각판의 충돌로 바다에서 한꺼번에 떼를 지어 솟아오른 알프스 산맥의 특수 지형을 형성하고 있다. 암석에 마그네슘, 칼슘, 철 등이 함유되어 있어 특히 일출 및 일몰 시에 암석이 붉은색을 띠게 되는데, 이 모습이 돌로미티 산색의 매력이기도 하다. 최고봉은 마르몰라다로 3343미터이다.

　어느 곳이든 트레킹을 즐길 수 있지만, 내가 추천하고 싶은 트레킹 코스는 '트레 치메 디 라바레도' 둘레길이다. 가보지 않은 길은 모두 내가 모르는 길이므로, 사람들은 길이 있다고 말하지만 나는 그 길을 모른다. 다만 내가 지나온 길만이 내가 알고 있는 길이며 앞으로 어떤 길을 걷게 될는지는 나도 모른다.

트레 치메 디 라바레도 둘레길은 세 개의 거대한 산봉우리를 도는 코스이지만 대체로 완만해 남녀노소 구분 없이 산행을 즐길 수 있다. 코르티나에서 미주리나 호수를 지나 자동차로 사십 분 정도 달리면 닿을 수 있는 곳인데, 33유로의 입장료(2013년 기준)를 내야 하며, 나올 때도 출구에서 다시 확인하므로 입장권을 버리지 말아야 한다.

수목한계선인 2000미터를 훌쩍 넘어 고개를 올라가야 하는데, 의외로 자전거를 타고 고개를 오르내리는 사람들이 적지 않다. 심지어 하체를 쓸 수 없는 사람까지 사륜 자전거 바퀴를 손으로 굴리며 2000미터 고개를 내려간다. 자전거에는 삼색의 작은 독일 깃발이 꽂혀 있다. 그의 안전을 위해 코너에 잠시 차를 세우고 기다린다. 인간의 자긍심은 완전한 신체에서만 오는 것은 아니며, 더욱이 국가적 자긍심은 약자에 대한 배려와 보호 속에서 생긴다는 것을 이해하게 되는 순간이었다.

인간이 완전하지 못할 때, 불완전을 극복하기 위한 자신과의 투쟁은 방 안에서 이루어지는 것은 아니다. (온전한 정신적 상태야말로 무엇보다 중요하다.) 안에서 괴로움을 키울 것이 아니라 밖에 나가 그 괴로움과 함께 걷고 이야기 나누어야 한다. 강자에 의해 권력이 점령된 국가라는 존재는 약자인 국민에 대한 배려를 실천해야 한다. 그것은 거대한 무언가가 아니라, 자전거를 탄 인간에 대한 배려와 같은 소소함에서 출발하는 것이 아닐까.

거대한 절벽 아래 주차장에 차를 주차하고, 해발 2320미터에 있는 아우론조 산장에서 에스프레소 한 잔을 마신다. 그리고 걷기 시작한다. 길은 지나치며 인사하기 알맞을 정도의 너비로 펼쳐져 있다. 발아래 깊은 계곡이 숨어 있고, 계곡 건너 산봉우리의 모양이 군주의 왕관처럼 뾰족하게 이어져 있다.

거대한 세 개의 봉우리를 돌아야 한다. 한참을 걸어 작은 성당과 묘지를 지나 라바레도 산장에 도착한다. 대개는 이곳에서 되돌아가지만, 나는 '트레 치메'라는 세 개의 봉우리를 한 바퀴 돌기로 작정한다. 암벽 등반하는 사람들을 보니 반갑기도 하고 따라서 같이 오르고 싶기도 하다. 갑자기 인수봉 생각이 난다. 네 시간 동안 바위를 기어 올라갔다가 하산할 때 단 십 분 만에 자일을 타고 내려오던 기억이 스쳐간다. 아마 산다는 것도 그와 다르지 않을 것이다. 앞만 보고 죽으라고 기어올랐는데, 한순간에 하산해야 하는 인생도 마찬가지 아니겠는가.

팔월인데도 산그늘엔 눈이 녹지 않고 쌓여 있다. 네 시간 동안 거대한 산봉우리로 둘러싸인 바위밭 길을 걷는다.

로카탈리 산장과 브렌타이 산장으로 이어진 길엔 들꽃이
만발하고 서늘한 바람만 분주하게 산장 사이를 오간다. 산장을
나서면 사람들은 거의 보이지 않는다. 사람들은 큰 산의 앞만
보고는 다시 라바레도 산장에서 오던 길로 내려간다. 그러나
산이든 사람이든 뒷모습을 보지 않고서는 그 산에 대해, 그
사람에 대해 안다고 말하면 안 된다. 뒷모습은 생각보다 많은
이야기를 한다. 사실, 그 이야기는 자기 자신에게 들려주는
충고 같은 것이다. '좀 더 열심히 살아보는 건 어때?'라든가,
'네 뒷모습 또한 다르지 않아'와 같은 뒤늦은 성찰이 걷는 동안
단호하게 몇 번 가슴을 치기도 한다. 독일 소녀 둘이 웃으며
곁을 스쳐지나간다. 나는 그들의 뒷모습을 기록한다. 우리가
기억할 것은, 모든 뒷모습은 내 눈앞에서 사라진다는 사실이다.

　　　호텔로 돌아와 저녁을 먹기 위해 밖으로 나간다.
코르티나 담페초의 저녁 풍경은 18세기 유럽 도시의 모습을
옮겨놓은 듯하다. 복장과 건물만 다를 뿐, 내가 아는 책장
속의 풍경들을 닮았다. 한낮의 땀을 씻고 옷을 갈아입은
사람들이 하나둘 땅거미와 함께 골목길을 메우기 시작한다.
누구 하나 서두름이 없다. 물가와 여러 가지 상황을 고려할 때,
코르티나 담페초는 대중적인 휴양지와는 거리가 있는 듯하다.
이탈리아인도 휴가차 들르고 싶어 하는 곳 중 하나로, 남부의
들뜬 분위기와는 달리 차분한 여유 같은 것이 느껴진다.

식당 야외 테이블에 앉아 와인과 음식을 주문한다. 야외 테이블은 식당 옆 골목길에 놓여 있고, 가끔 사람들이 곁을 지나치지만 문제될 건 없다. 여행이 일상이 된다는 말은 부담스러운 일들이 발생할 수도 있다는 것을 의미한다. 아무래도 직업과 연관된 사례가 많을 것이므로, 거주의 문제와 가족과의 거리를 생각할 수박에 없을 것이다. 반대로, 일상이 여행이 될 수 있다면 그보다 좋은 일은 없을 것이다. 한두 달 정도 머물 수만 있다면, 도시이든 사람이든 서로 붙잡지도 떨쳐버리기 위해 애쓸 필요도 없는 이상적인 시간이 될 수도 있겠다는 생각을 하다가 이내 지워버린다. 여행지에서 죽을 수는 있어도 여행지에서 살 수는 없는 것이기 때문이다. 코르티나 담페초 사람들은 일상을 여행처럼 즐기고 있었다.

코르티나 담페초를 떠나기 전, 말러의 오두막을 찾아간다. 자동차로 30분 거리인 도비아코에는 죽기 전의 구스타프 말러가 딸의 죽음, 아내와의 이혼, 연인의 배반 등으로 피폐해진 몸을 이끌고 들어와 교향곡 9번과 10번(미완)을 작곡했다는 작은 오두막이 있다.

이곳은 예전 오스트리아 땅으로, 제1차 세계대전 이후 이탈리아에 귀속되었는데 말러의 운명처럼 어디에도 속하지 않은 정서가 아직도 곳곳에 남아 있다. 이탈리아 땅임에도 불구하고 대개 독일어를 쓰고 있는데, 말러 역시 어디에도 속할 수 없었던 운명이었고 그러한 자괴감은 그의 작품에 고스란히 녹아 있다.

"나는 삼중으로 고향이 없는 사람이다. 오스트리아에서는 보헤미안으로, 독일에서는 오스트리아인으로, 세계에서는 유대인으로 불린다. 어디에서든 결코 환영받지 못하는 사람이다."

그는 죽음과 고통과 암울을 불러내 이 오두막에서 함께 기거하며 작곡을 했는데, 쓸쓸한 오두막 앞에 서니 음악에서 가장 중요한 것은 악보에 없다고 말한 그의 마음을 이해 못 할 것도 없었다.

"10번 교향곡에 우리가 알아서는 안 될 무언가가 숨어 있는 건지, 9번이 한계인 것 같다. 9번 교향곡을 쓴 작곡가들은 이미 죽음에 너무 가까이 다가가 있었다."

쇤베르크의 말처럼, 우리의 삶도 말러의 음악과 같이 마지막에는 미완인 채로 끝나는 것이리라.

'시간이 멈추어버렸으면!' 하고 바라던, 그 어느 곳에서도 느끼지 못했던 감흥이 아직까지도 가슴에 남아 있다.

누가 알프스를 스위스에만 있다고 했는가. 한번 가본 사람이라면 죽기 전에 다시 한 번 꼭 가보고 싶은 생각이 드는 곳, 그곳이 바로 이탈리아 알프스 돌로미티와 내가 사랑하게 된 도시 코르티나 담페초이다.

돌로미티에 바치는 시

산 사람들이 찾는 명소는
죽은 사람들이 찾은 명당입니다

돌로미티의 숨겨진 명소는
십자가 걸린 하늘 한 귀퉁이와
성당과 산길과 공원묘지입니다

산 사람들이 즐겨 찾는 코르티나 담페초°
죽은 말러의 교향곡이 살아 흐르는 도비아코°°
그 어디에나 고삐 풀린 생사고락이 즐비하지만,
모두 내세인 듯 평온하기만 합니다

성당과 묘지는 따로 또 같이 적막합니다
사랑을 격려하기 위해 종이 울리고
사랑을 격리하기 위해 종은 울립니다

부온 조르노,
미소를 참지 못하는 사람들은 이른 아침부터
아름다운 질문을 골목에 풀어놓습니다
길 밖으로 나를 놓아주고 싶을 때,

나는 다시 돌로미티로 떠날 것입니다

돌로미티 사람들이
여생을 산 속에 놓아주는 것처럼,
나도 숲의 궁릉 아래 살면서 조용히
국경 밖으로 생을 놓아주고 싶습니다

◦ 돌로미티 지역의 중심 도시.

◦◦ 말러가 교향곡을 작곡했던 오두막이 있는 곳.

일본: 교토 / 베트남: 호찌민, 달랏

겨울의 교토에서
여름의 달랏을
생각하다

—

백 영 옥

이 소설을 제대로
끝낼 수 없을 것 같다는 절망감은
하루도 빠지지 않고 이어졌다.
일단 시작하면 끝낼 수 있는 글이
쓰고 싶어졌다.
그것이 일기라고 해도 상관은 없었다.
그렇게 일본을 여행하면서
조금씩 글을 쓰기 시작했다.

2015년 1월 1일, 교토에서 이 글을 썼다.

이틀 전, 오사카에서 열차를 타고 교토에 도착했을 때, 나는 무작정 금각사부터 가야겠다고 생각했다. 미시마 유키오의 『금각사』를 읽었던 고등학교 2학년 때의 기억이 떠올라서였다.

어려서부터 아버지는 나에게 자주 금각에 관한 이야기를 들려주었다 …… 아버지의 말에 의하면 금각처럼 아름다운 것은 이 세상에 없었고, 또한 금각이라는 글자, 그 음운으로부터 내 마음이 그려낸 금각은 터무니없이 멋진 것이었다 …… 그토록 꿈에 그리던 금각은 너무나 싱겁게 내 앞에 그 전모를 드러내었다 …… 나는 이리저리 각도를 바꾸어, 혹은 고개를 기울여 바라보았다. 아무런 감동이 일지 않았다. 그것은 낡고 거무튀튀하며 초라한 3층 건물에 지나지 않았다. 꼭대기의 봉황도, 까마귀가 앉아 있는 것처럼 보일 뿐이었다. 아름답기는 커녕 부조화하고 불안정한 느낌마저 들었다. 미라는 것은 이토록 아름답지 않은 것일까, 하고 나는 생각했다. …… 나날이 내 마음속에서 다시 아름다움을 되살려 어느덧 보기 전보다도 훨씬 아름다운 금각이 되었다. 어디가 아름답다고는 말할 수 없었다. 몽상에 의하여 성장한 것이 일단 현실의 수정을 거쳐, 오히려 몽상을 자극하게 된 것으로 여겨진다.

나는 주인공이 느낀 금각사에 대한 심리의 변화를 함께 느껴보고 싶었다. 말하자면 동어반복, '아름다움이란 이토록 아름답지 않은 것인가!'에서 '어딘가 아름답다고 말할 수 없지만 아름답다고 느끼게 된 금각' 사이의 심리적 거리와 간격을 들여다보고 싶었던 셈이다. 금각사를 걷다 보면 그 실마리가 보일 것 같았다.

교토에 도착한 그날, 버스 터미널에서 500엔을 주고 시티버스를 무제한 이용할 수 있는 일일 패스를 끊었다. 금각사로 가는 버스의 줄은 길었다. 정류장을 지나갈수록 버스에는 점점 더 많은 사람이 타기 시작했다. 하지만 버스에서 내리고 나서 금각사에 들어갔을 때는, 놀라움이 거의 공포 수준으로 바뀌었다. 당연히 사람이 많을 것으로 생각하기는 했지만, 절 안에는 사람이 많아도 너무 많았다. 인파라고 해야 할 정도였다.

금각사는 사람들의 정수리 색깔, 즉 검은색으로 뒤덮여 보일 지경이었다. 외국인뿐 아니라 연말을 맞아 놀러온 일본인 관광객도 많았기 때문이었다. 말하자면 금각사가 바로 저기에 있긴 한데, 나는 밀려오는 사람들에게 떠밀려 사진 한 장 제대로 찍을 수가 없었다. 금각사를 걸어다니며 느낀다기보다 마치 수평 에스컬레이터 같은 게 있어서 내 의지와 상관없이 정해진 동선 위를 떠다니는 느낌이었다.

그래도 금각사에 왔다는 증거를 남기기 위해 스마트폰으로 사진 몇 장을 찍었다. 나중에 보니, 모조리 초점이 나갔거나, 사람들의 손과 머리가 조금씩 드러난 사진이었다. 사진의 편집 기능을 이용해 군더더기를 트리밍하면 깔끔하게 금각사 본연의 모습이 드러나겠지만, 그게 무슨 소용인가 싶기도 했다. 사진 속 고즈넉함은 의도적으로 편집된 것이고, 내가 본 것은 퇴근 시간 강남역 위에 둥둥 떠 있는 것 같은 금각사의 모습이었기 때문이다.

누군가 이런 말을 했다. 소설을 가장 잘 읽는 방법은 작가가 그 작품을 쓴 곳에 가서 읽는 것이라고. 아무리 생각해도 가와바타 야스나리의 소설 『설국』을 느끼기 위해선 겨울의 니가타 현으로 가는 것보다 좋은 방법은 떠오르지 않는다. 눈이 내리는 것이 아니라, 눈 아닌 모든 것이 그저 눈의 그림자로 보일 법한 눈의 고장이라면, 눈은 분명 이전과는 다른 방식으로 보일 것이기 때문이다. 그런 눈을 내 눈으로 직접 보았을 때만 "국경의 긴 터널을 빠져나오자, 눈의 고장이었다. 밤의 밑바닥이 하얘졌다. 신호소에서 기차가 멈춰섰다" 같은 야스나리의 문장도 제대로 읽을 수 있다. 그리고 그제야 우리는 설국의 눈에 대해 비로소 안다고 말할 수 있게 된다.

"소설을 가장 잘 읽는 방법 중 하나는 소설 속에 등장하는 장소에 직접 가보는 일이다" 같은 문장은 사실

"소설을 가장 잘 쓰는 방법 중 하나는 소설 속에 등장하는 바로 그곳에서 직접 쓰는 일이다"라고 응용해 치환할 수도 있다.(그래서 나는 단편「지하철」을 실제 지하철에서 썼고 흔들리는 공간 탓에 문장이 엉망이었다.)

가와바타 야스나리는『설국』을 쓰기 위해 직접 니가타현의 낯선 여관방에 머물렀다. 그곳에서 소설 속 주인공처럼 목선이 아름다운 어느 여인과 남몰래 사랑에 빠졌는지는 알 수 없지만, 이곳에서 작가가 느꼈을 감성은 유자와 온천의 어느 골목을 걷다 보면 불현듯 느껴질지도 모를 일이다. 폴 오스터의『브루클린 풍자극』이나『뉴욕 3부작』같은 소설은 다양한 인종이 복잡하게 모여 사는 뉴욕이나 거대한 달이 떠 있는 브루클린 다리 위를 걷고 나서야 온전히 이해할 수 있고, 잭 런던의 몇몇 작품은 혹한의 알래스카에서야 비로소 수긍할 수 있는 것과 같은 맥락이다.

그러나 12월 30일에 금각사에 가는 일은 거의 미친 짓에 가깝다. 그저 외국인 관광객과 일본인의 정수리 냄새를 제대로 맡아볼 계획이라면 상관없겠지만 금각사를 제대로 느끼기 위해서라면 말이다. 금각사를 보기는 봤지만, 봤다고 말할 수 없는 상태로 나는 절 밖으로 기겁하며 빠져나왔다. 압도적으로 많은 사람을 보고 났을 때의 말할 수 없는 피로감이 한꺼번에 밀려왔다. 며칠째 오사카와 고베를 여행했던 발 여기저기에는 '휴족시간'이라는 일본 파스가 잔뜩 붙어 있었다.

다리가 아파진 나는 결국 배낭 속에서 새로운 파스 몇 장을 꺼내 발에 붙이고, 한 번도 가보지 않은 낯선 길을 지도도 없이 걷기 시작했다. 그러니까 무조건 사람이 없어 보이는 골목으로 들어간 셈이다. 어쩌면 길을 잃기로 작정한 것이 아니라, 나는 이미 길을 잃은 것인지도 몰랐다.

길을 잃은 사람은 자신이 알지 못하는 주변 지역을 확대경으로 살피듯, 세밀화를 보듯 관찰하게 된다. 이렇게 되면 황량한 지역에서도 흥미로운 것을 발견하게 된다. 안개 속에서 길을 잃은 사람이라면 미끄러지지 않기 위해 바위의 상태를 자세히 살피며 길을 가다가 바위 틈에 숨은 바위너구리를 발견하게 될지도 모를 일이다. 지도로 무장하면 여행자의 세계는 축소된다. 세계를 파악하는 기준으로 지도를 선택하면, 대도시든 황무지든 할 것 없이 모든 세계는 한정적인 정보만을 담고 있는 곳이 된다. 다시 말해서 세계는 지도에 표시되어 있는 것들만 포함되고 있는 것처럼 보인다. 그러나 실제로 자세히 살펴보면 지구는 1제곱미터마다 아주 흥미롭고 세세한 것들을 수도 없이 담고 있다. 길 잃기는 이런 기발한 것들을 만끽할 수 있게 한다. 또 부족한 방향 감각을 보완하기 위해 두뇌가 어떻게 대응하는지 알게 된다.

문득 교토에 오기 전 읽었던 카트린 파시히의 『여행의

기술』 속 문장이 떠올랐다. 이 책은 언뜻 알랭 드 보통의
『여행의 기술』과 비슷해 보이지만 전혀 다른 책이다. 대부분의
여행기가 그렇듯 길을 잃지 않는 법이 아니라, 길을 잃는 법에
대해 매우 세세히 기술하고 있기 때문이다. 말하자면 나처럼
타고난 길 헤매기 전문가에게는 꽤 긍정적인 변명이 될 수도
있는 책이었다.

　　나는 지도를 볼 줄 모른다.

　　여행을 다니며 지도를 손에 든 적도 거의 없다.

　　데이터 무제한 로밍이니 포켓 와이파이니 하는 걸
신청해서 구글 맵이나 내비게이션을 띄워놓아도 소용없는
일이었다. 나는 타고난 방향감각이 거의 제로에 가까운 터라,
간 길도 자주 잃어버렸다. 자주 공상에 빠지기 때문에 집으로
돌아가는 길에 엉뚱한 골목으로 들어오는 일도 있었다. 그렇게
길은 내게 물어가거나, 돌아가야만 하는 어떤 것이었다.
길은 구불구불거리거나, 둥글고, 사선에 대각선 방향이라
어려서부터 한 번도 길이 반듯한 '직선'이라고 생각해본 적이
없는 셈이었다.

　　나는 차를 탈 수 있는 거리도 자주 걸어다녔다.
여의도에서 회사에 다닐 때는, 퇴근 무렵 커다란 배낭에
넣어가지고 온 운동화를 갈아신고, 회사 앞에 있는 한강공원을
가로질러 집까지 걸어가기도 했었다. 버스를 타면 사십
분이면 갈 거리를 두세 시간에 걸쳐 걷는 것이다. 딱히 별다른

이유가 있어서가 아니다. 내게 세상은 걷는 속도로 볼 때 가장 아름다운 자리에 위치해 있었으니까. 마음이 힘들고 머리가 무거울 때 나는 그냥 걸었다. 차를 타거나, 자전거를 타거나, 기차에 올라탄 속도 안에서, 나는 그 풍경 안에 내가 있다는 생각을 쉽게 하지 못했다. 차창을 통해 빠르게 바뀌는 풍경 안에서 나와 풍경은 늘 애매하게 분리되었고, 나는 언제든 차를 멈추게 할 생각으로 한겨울에도 창문을 열어놓기 일쑤였다. 그러니까 나처럼 천성적으로 지도를 읽지 못하고, 길을 찾지 못하는 사람은 그렇게 자신의 두 발로 성실히 땅 위에서 걸음을 떼고 나서야 간신히 그 자리를 익히고, 그 자리의 풍경을 배운다. 성격이 꽤 급한 편에 속하지만, 여행을 하면 나는 어쩔 수 없이 느릿한 사람이 되어간다.

천천히 걸었다.
걸으면 알게 된다.
교토가 정말 걷기에 좋은 도시라는 걸.
그렇게 걷다가 배가 고파져서, 눈에 보이는 곳에 있는 아무 가게에나 들어가 돈코쓰 라멘을 사먹었다. 계란 반숙이 놓여 있는 라멘 한 그릇을 먹고 나자, 그제야 동네 사람 몇몇이 자동 판매기에 서서 쿠폰을 끊고 있는 모습이 보였다. 무작정 들어가긴 했지만 그곳은 동네 사람이 끊임없이 들어오는 맛있는 라멘 가게였다. 창문 밖에는 할머니 한 명이 아주

느릿느릿 걷고 있었다. 시간도 그렇게 느리게 흘러갔다. 아무리 파스를 많이 붙여도 발은 여전히 아팠고, 여행을 하는 동안은 내내 계속 더 아플 것이었다. 두 시간 가까이 걷고 난 후, 한국과 달리 교토의 주택가에는 딱히 가게랄 게 없다는 것도 알게 됐다. 그 흔한 편의점도 잘 보이지 않았다. 그러니까 지금 배를 단단히 채워두지 않으면 언제 식당이 나타날지 알 수 없었다.

나는 옆에 앉은 남자가 맥주와 함께 먹고 있는 교자 한 접시를 더 주문했다. 잘게 썬 노란 생강이 가득 담긴 간장에 찍어먹는 중국식 교자, 한쪽 면만 노릇하게 구워져 나온 일본식 교자, 여행을 가면 그 나라의 만두를 먹는 나만의 여행 의식 하나가 완성된 셈이었다. 배가 불러서 더는 앉아 있을 수가 없을 때즈음, 식당을 나왔다.

나는 다시 걷기 시작했다.

사람이 없는 곳으로 피신해야 한다는 생각 하나로 무작정 걸어내려와 내가 도착한 곳은 묘하게도 료안지라는 또 다른 절이었다. 절은 한눈에도 제법 커 보였다. 유네스코 문화유산이라는 푯말이 붙어 있었다. 교토에는 절이 많았다. 가게 앞에 줄을 선 일본인만큼이나 흔했다. 그래서 좋았다. 여기저기 널린 일본 신사에는 향을 피운 곳이 많았고, 향 앞에는 어김없이 사람이 옹기종기 모여들었다. 부채춤을 추듯 손을 이용해 나긋나긋하게 퍼지는 향을 자신의 몸 쪽으로

끌어모으는 사람 중에는 특히 노인이 많았다. 나는 일본
할머니의 그 손짓을 옆에서 따라 해보았다. 그건 정성을 기울여
자신에게 들어오려는 액운을 좇고 내 쪽으로 복을 끌어모으기
위한 몸짓 같았다. 내가 계속 따라하자 할머니가 웃었다.
저렇게 웃으며 살면 모진 시간마저 순하고 느릿하게 흘러갈
것 같았다. 나는 향 하나에 불을 붙이며 늙으면 웃는 얼굴이
귀여운 할머니가 되고 싶다고 빌었다.

　　이번 일본 여행은 시작부터 혼란스러웠다. 극성수기라
불리는 때 여행을 떠난 적이 없었기 때문이기도 했다.
예약하려던 호텔은 모두 꽉 차 있었고, 값은 평소의 서너 배씩
올라 있었다. 크리스마스부터 1월 4일까지 긴 연휴에 돌입한
일본의 상점들은 닫힌 곳이 많았다. 200년 된 우동집 문이 닫힌
걸 보니, 정말이지 울고 싶은 마음이 들었다. 주변의 모든 가게
문이 닫혀서 꼼짝없이 편의점 오뎅이나 먹어야 할 판이었기
때문이다.(하지만 그건 그것대로 좋았다. 일본 편의점 오뎅은 정말이지
맛있었으니까. 특히 한국에는 많지 않은 '로손'의 오뎅은 진짜 오뎅
맛이었다!)
　　1월 1일이 되자, 번화하던 교토 시내는 유령만 사는
도시처럼 변해 있었다. 나는 언젠가 읽었던 파트릭 모디아노의
『어두운 상점들의 거리』를 생각하며 그곳을 '닫힌 상점들의
거리'라고 불렀다. 바야흐로 명절이었다.

나만의 오래된 습관 하나가 있다. 추석이나 설날에 나는 시내에 나가는 걸 좋아한다. 일 년 내내 거의 닫히는 날 없는 상점도 그날만큼은 대부분 닫혀 있기 때문이다. 닫혀서 컴컴해진 상점이 그득한 종로나 광화문의 골목을 걷다 보면 문득 마음에 불 몇 개가 켜지곤 했다. 내 머릿속에는 종종 닫힌 상점 주인이 가족과 함께 고스톱을 치거나, 방바닥을 뒹굴며 텔레비전을 보거나 소파에 누워 잠을 자는 모습이 자연스레 그려졌다.

사실 닫혀 있는 가게에 왜 그토록 마음이 푸근해지는지 오랫동안 알지 못했었다. 하지만 어느 날, 문득 일 년 동안 거의 쉬지 않고 일하던 내 부모님의 모습이 떠올랐다. 가게가 쉬는 날은 일 년에 고작 네댓새 정도. 추석 당일과 설날 연휴 며칠뿐이었다. 자영업자에게 쉬는 날이란 달콤한 휴일이 아니라 '돈을 벌지 못하는 날', 즉 손실이 생기는 날이다.

자정 전에 얼굴 보는 날이 전혀 없었던 아빠가 아예 가게에 나가지 않고 집에 오래도록 있던 추석이 나는 참 좋았었다. 전 부치는 냄새도 좋았고, 둘러앉아 만두를 빚는 것도 재미있었다. 설날 가족이 모두 모인 따뜻한 집 안 풍경은 뒤집어 말하면 내겐 닫힌 상점들의 거리에서만 비로소 온전히 이해될 수 있는 것이었다. 장사가 되지 않아 폐업한 가게가 아니라, 휴일을 온전히 쉬기 위해 잠시 문을 닫는 가게 말이다. 사람은 오직 경험으로밖에는 배울 수 없다. 시간이 흐르면서,

나는 그 사실을 거의 확신하게 되었다. 그렇게 교토의 닫힌 상점들의 거리를 걷는 동안, 나는 내 유년의 어느 시절로 되돌아가 있었다. 멀지만 가깝고 낯선 땅에서 맞는 새해의 풍경이 오래전 시간을 호출해 불러왔다는 게 기이했다.

여행기가 그 여행지에서 쓰이는 경우는 거의 없었다.
아주 특별한 경우가 아니라면 내게 글을 쓴다는 건, 더구나 여행기를 쓴다는 건, 현장의 일을 묘사하는 일이 아니라, 뒤죽박죽 얽힌 기억의 퍼즐을 불러 연대기 순으로 맞춰보는 일에 가까웠기 때문이다. 여행을 하면 메모도 평소의 반도 하지 않는다. 사진도 거의 안 찍었는데, 그것만큼은 고쳐야겠다는 생각 때문에 간단히 스마트폰으로 기록을 남기기 위해 사진을 찍는다. 당연히 카메라는 가지고 다니지 않는다. 함께 여행을 갔던 사람들이 하는 말과 내 말이 어긋나거나 맞지 않는 경우는 그렇게 종종 생긴다. 나 같은 사람은 그러므로 죽을 때까지 여행 가이드북은 쓸 수 없을 것이다.
사랑이 끝나야 비로소 그 사랑의 시작을 알 수 있었다.
언제나 그랬던 것 같다. 하나의 여행이 끝나야, 비로소 그 여행의 의미도 알아낼 수 있었다. 여행을 하다가 사람을 만나는 경우는 더 그랬다. 여행이 일상 밖의 일이라고 정의한다면, 여행 중의 일은 여행이 끝나는 것과 동시에 끝나야 온당했다. 하지만 그렇게 되지 않는 경우도 생겼다. 한 친구는 방콕 여행 중에 만난 영국 남자와 넉 달 만에 결혼했다. 그녀의 방콕 여행은 평생의 동반자를 만나게 해준 여행이었다. 하지만 그녀는 삼 년 후 이혼했다. 둘 사이에는 각기 머리 색깔이 다른 남자와 여자 아이 두 명이 남았고, 한 아이는 아빠와 뉴욕에서, 한 아이는 엄마와 서울에서 산다. 그녀는 이제 방콕에 갈 일은 없을 거라고 단언했다. 하지만 그것 역시 알 수 없다. 대개 여행의 진짜 의미는 자신이 생각한 것보다 훨씬 더 긴 시간이 흐르고 나서야 생기기도 한다.

여행 중에 책을 읽는 경우도 별로 없다.

읽지 않을 것을 빤히 알면서도, 가방 속에 책을 넣어오는 것은 아직도 고치지 못한 악습이다. 특별한 경우가 아니라면 여행지 안에서 그곳에 대한 긴 글을 쓰는 경우도 없었다. 하지만 2015년 1월 1일 새해를 맞이한 교토에서는 글이 쓰고 싶었다. 어떤 형태이든 상관없었다. 그저 소설이 아니기만 하면 됐다. 1500매 혹은 그 이상이 될 수도 있을 긴 글을 '일일 연재'라는 형태로 쓰고 있으면 수시로 느끼는 감정은 절망감 혹은 초조함이다. 나는 반년째 소설을 연재 중이었다. 과연 이 소설이 제대로 끝날 수 있을까. 끝낼 수 없을 것 같다는 절망감은 하루도 빠지지 않고 이어졌다. 나는 일단 시작하면 끝낼 수 있는 글이 쓰고 싶어졌다. 그것이 단편이라면 더할 나위 없이 좋았고, 일기라고 해도 크게 상관은 없었다. 그렇게 일본을 여행하면서 조금씩 글을 쓰기 시작했다.

미시마 유키오의 『금각사』 때문에 덩달아 은각사는 기억하기 쉬운 절이 되었다. 은각사에서 내려오면 '철학자의 길'이라고 말하는 아름다운 길이 나온다. 그곳을 오래도록 걸었다. 일본식 정원을 가진 작은 주택들이 보였다. 사람을 조금도 무서워하지 않는 길고양이 몇 마리가 너른 길 위에서 놀고 있었고, 동네 주민으로 보이는 한 여자가 밥을 주며 친해진 고양이 한 마리를 무릎 위에 앉혀놓고 나른한 얼굴로 햇볕을 쪼이는 모습도 보였다. 다리가 아파온 나는 커피 한 잔 마실 곳을 찾아 또 걸었다. 진한 녹차라테로 유명하다는 '요시야 카페'는 결국 찾지 못했다. 분명 철학자의 길 어딘가에 있다고 했는데도 말이다. 그것이 길치의 운명이라 여기면, 맛집을 찾지 못했다고 절망할 일도 조금쯤 줄어든다. 여행지에서 유명한 맛집을 제대로 찾아가는 일은 내게 드문 일이었다. 운이 좋아 맛있으면 그게 맛집이고, 운이 나빠 맛이 없으면 그게 현지의 맛이었다. 이래도 저래도 별수 없으니, 여행자로서의 나는 꽤 순한 사람이 되어 있는 게 분명하다.

이름이 기억나지 않는 카페(라기보다는 다방에 가까운)에서 글을 쓰고 있을 때, 서울에서 문자메시지가 하나 왔다.

첫 소설 『스타일』의 베트남판이 출간되어 일산의 내 작업실로 책을 보내겠다는 메시지였다. 아, 그래. 베트남으로

판권이 팔렸었지. 어렴풋이 이 년 전쯤 출판사와 메일을
주고받았던 일이 떠올랐다. 그러니까 책이 나오기까지 이
년이라는 시간이 걸린 거였다. 편집자에게 혹시 책 표지를 볼
수 있겠느냐는 문자를 보냈다. 그녀는 친절하게 책을 들고 있는
사진 한 장을 내게 전송했다.

　　표지에는 아무래도 샤넬로 보이는 검정색 원피스를 입은
선글라스 낀 여자가 'PRADA'라고 적힌 가방을 들고 있었다.
여자의 노란색 재킷이 눈 내리는 교토의 하늘 위에서 유독 눈에
띄었다. 내 소설의 베트남어판은 꼭 패션지의 부록처럼 보였다.
『스타일』이 처음 일본에 출간됐을 때, 한 방송국 취재팀과 사케
취재를 위해 가나자와에 들렀던 기억이 났다. 그때, 취재를
위해 연거푸 사케를 마셔 불콰해진 얼굴의 코디네이터가 내
책에 수줍게 사인받던 모습이 떠올랐다. 베트남어로 적힌
출판사 이름 위에는 적어도 서너 개 이상의 낯선 방점처럼
보이는 표시가 둥둥 떠 있었다.

　　나는 『스타일』을 읽게 될 베트남 여자들을 생각했다.
내리꽂는 듯한 베트남의 강한 햇빛에 챙이 긴 모자를 쓰고,
어김없이 얼굴 전체를 가리는 하얀색 마스크를 쓴 채 빠르게
달리는 오토바이를 도심 쪽으로 모는 건강하고 명랑한 여자들
말이다. 그러고 보니 처음 간사이공항에 내려 고베에 갔을 때,
내 책의 일본어판을 읽었다는 여자를 만난 기억도 났다. 얇은
문고판으로 만들어진 그 책은 일본 책이니만큼 당연히 세로로

읽어야 했다. (일본어를 모르는 외국인인 내가) 거꾸로 오른쪽과 왼쪽이 바뀐 상태로 책장을 넘길 때마다 현기증이 났던 게 기억났다. 이번 베트남 책은 어떻게 읽어야 할지 궁금해졌다. 베트남어는 아무래도 익숙해지지 않는 문자였다. 그러고 보면 영어 이외의 다른 나라 말을 간절히 배우고 싶단 생각을 해본 적이 없었다. 만약, 베트남어를 할 수 있다면 베트남 독자와 이런저런 이야기를 할 수도 있지 않을까. 외국어를 할 수 있다는 건 역시 대단한 일이란 생각이 들었다.

교토에서 소설이 아닌 글을 쓰려다가 문득 베트남 여행기를 쓰게 된 사연은 이랬다. 물론 베트남 관련 글을 쓰다가, 베트남어판 책이 출간되었다는 편집자의 메시지를 받는 기이한 우연은 살면서 자주 일어나진 않지만, 생각해보면 드물지 않게 일어나기도 한다. 마치 시계를 볼 때마다 숫자가 겹치는 기이한 징크스처럼 말이다.

2시 2분이었다.

아무래도 이 글을 쓰다가 문득 시계를 쳐다보면 4시 4분이거나 5시 5분이 될 것 같았다. 내게 있는 몇 개의 징크스 중 하나이다. 아! 또 하나 있다. 이 징크스는 매해 1월마다 저지르는 실수이다. 2015년 1월 1일을 2014년 1월 1일로 잘못 적는 것.

사실, 방금도 그랬다.

베트남 여행광인 배우 조민기는 아주 특별한 의자를 하나 가지고 있다. 척추를 곧추세우고 앉아야만 하는 이 불편한 의자는 나이가 들면서 권위에 대한 자의식을 갖게 될 때마다 그에게 많은 생각을 일깨워주는 의자라고 했다. 베트남 현지 여행사에 근무하는 L은 호찌민이 우리 입장에서 보면 슬픈 도시라고 했다. 호찌민을 찾는 한국 사람의 90퍼센트가 남자인데, 그건 전쟁 통에 현지처를 둔 이들의 발길이 끊이지 않기 때문이라고 한다. 최근에 베트남으로 두 달 동안 신혼여행을 갔다온 K에게 베트남은 쌀국수의 나라다. 빌 클린턴이 먹었다는 PHO 2000부터 벤탄 야시장의 허름한 나무 탁자에서 쭈그리고 앉아 먹는 쌀국수까지 베트남 돈으로 20만 동(대략 2000원), 길거리에선 1달러도 안 되는 돈으로 고기가 수북한 쌀국수를 마음껏 먹을 수 있다.

베트남 호찌민에 대한 이 글은 2005년 내가 패션지 『하퍼스 바자』의 에디터로 일하던 시절에 쓴 기사의 첫 번째 단락이다. 이 기사는 "호찌민에 가면 우선 동커이 거리로 가볼 일이다. 렉스 호텔을 기점으로 동커이 거리 주위엔 실크로 만든 제품을 파는 'Khaislik'와 'Liti' 같은 고급 상점이나 베트남 자기와 소품을 파는 상점, 운이 좋으면 70퍼센트 세일이라고 써 붙인 '망고' 매장 같은 걸 찾을 수 있다"로 이어지는데, 지금 보면 아주 낯선 느낌의 글로 다가온다. 말하자면, 2005년의 나와 2015년의 나는 많이 다른 사람이라는 뜻이다. 그건 내게 단순히 직업이 기자에서 소설가로 바뀌었다는 것 이상을 의미했다. 십 년 전 나와, 지금의 나는 정말이지(좋은 의미에서든 나쁜 의미에서든) 다른 사람이 되었으니까.

2005년 처음 베트남의 호찌민에 갔을 때, 내 기억 속에 남았던 건 후덥지근한 날씨와 연유를 가득 넣은 진하고 단 커피, 얼음을 잔뜩 넣어 마시는 사이공비어였다. 도대체 왜 맥주에 얼음을 넣어 마실까? 얼음이 녹으면 점점 맛이 밋밋해질 텐데 말이다. 도대체 왜 커피를 이렇게 달게 마실까? 이런 걸 마시고 나면 이빨이 다 썩어버릴 텐데! 하지만 한 번이라도 호찌민의 7월 거리를 걸어본 사람이라면 단박에 알게 된다. 한여름에 목도리와 긴 털옷을 입고 찜질방에 들어가는 듯한 정도의 더위라면 다소 맛이 흐릿해져도 길고 시원하게 맥주를 마시는 게 더 좋다는 결론을 내리게 되기 때문이다. 이 정도의 더위라면 금세 맥이 빠지기 때문에 단 것을 실컷 먹어두는 편이 더 좋으리란 걸 말이다. 게다가 더운 나라 맥주는 한결같이 맛이 좋아서, 나는 길을 걸으며 타이완에서는 타이완비어를, 싱가포르에서는 타이거비어를, 필리핀 마닐라에서는 산미구엘을, 베트남에서는 333이나 사이공비어를 줄곧 마셨다. 내게 덥다는 건, 맥주를 아주 맛있게 잘 마실 수 있다는 것과 같았다. 한겨울 삿포로에서 노천 온천에 발을 담그고 마시는 삿포로클래식이 일품이라는 건 두말할 필요도 없지만, 역시 잔뜩 땀을 흘린 뒤 단숨에 마시는 사이공비어의 맛을 따라갈 순 없다. 맥주 맛의 절반은 덥고 후텁지근한 공기와 갈증과 덧붙여질 때 생기는 맛이기 때문이다.

베트남의 벤탄 시장에 갔던 기억도 꽤 오랫동안 남았었다. 그곳은 종로의 귀금속 상가와 터미널 지하에 있는 꽃시장을 한꺼번에 옮겨 병치시켜놓은 듯한 독특한 시장이었는데, 저녁이 되면 모든 상점이 문을 닫고 그곳에 야시장이 벌어지는 광경이 드라마틱했다. 그러나 가장 인상적인 장면은 시장 안에 즉석으로 펼쳐진 네일숍이었다. 말 그대로 지붕이 없는 간이 네일숍으로 주말의 동네 목욕탕에 들어앉아 일제히 때를 미는 아줌마들처럼 정말 빈틈없이 쭈그리고 앉아 제 손톱을 내어주고 있는 풍경은 내가 보기엔 베트남이 아니면 어디에 가서 볼까 싶을 정도로 신기했다. 인도의 길거리에서나 볼 법한 간이 이발소나 손톱을 깎아주는 사람과는 또 다른 이국적인 풍경이었기 때문이다.

2014년, 구 년 만에 호찌민에 왔을 때, 나는 까맣게 잊고 있던 더위를 다시 한 번 실감했다. 변한 것은 구 년 전보다 훨씬 더 많아진 상가와 백화점, 그리고 더페이스샵, 파리바게뜨, 롯데마트 같은 익숙한 한국 브랜드 간판이었다. 천성적으로 에어컨 바람을 싫어하는 나는 차에서 내렸다. 하지만 차를 벗어나자마자 곧 숨이 막힐 것 같은 더위가 급습했다. 대낮에 호찌민 시내를 걷겠다는 발상 자체가 어리석은 것이었다. 하지만 걸어다녔기 때문에 볼 수 있는 모습도 있었다. 자동차도 아닌 거대한 트럭이 중앙선을 넘어 불법 유턴을 하는 장면이었다. 분명 사고가 날 것 같은 장면이 연달아 벌어졌다. 하지만 기이할 정도의 무질서 속에서도 사고는 일어나지 않았다.

땀이 너무 많이 나서 맥주를 마시거나 커피를 마실 수밖에 없었다. 베트남에선 맥주보다 얼음을 가득 넣은 카페 쓰어다를 자주 마셨다. 베트남식 커피의 특징은 진하고 단 연유에 있었다. 커피 맛을 어떻게 표현할 수 있을까. 믹스 커피를 네 봉쯤 뜯어서 뜨거운 물을 가능한 조금만 붓고, 그 위에 연유를 가득 넣으면 비슷한 맛이 날까? 마시는 순간 입천장이 녹아날 것 같은 진한 단맛은 정신을 아득하게 했다. 이 커피가 좋아서 슈퍼마켓에서 베트남식 커피와 연유까지 사들고 왔지만, 서울에서는 정작 이 커피의 맛을 즐길 수 없었다. 중요한 건 커피 자체가 아니었다. 중요한 건 그토록 뜨거운 태양과 베트남의 후덥지근한 공기였다. 습기 가득한 그런 더위에서 마시는 카페 쓰어다가 진짜 베트남 커피였다. 이 베트남식 커피의 단맛은 아무래도 호찌민의 더위에 최적화된 것이었다.

2005년 즈음의 내게 베트남은, 베트남에 대한 인상은 하얀색 아오자이 차림으로 자전거를 타는 여자들의 나라였다. 눈부시게 하얀 아오자이를 입은 머리 긴 여자들이 한낮 더위를 피해 인간 선풍기가 되어 바람 속을 돌아다니는 어떤 아름다운 풍경이 나를 사로잡았기 때문이었다. 아멜리 노통브가 『사랑의 파괴』에서 "공산주의 국가란 선풍기가 있는 나라이다"라고 말했을 때 나는 그녀의 말에 조용히 고개를 끄덕였다.

그러나 정작 베트남에 가보니 조금 다른 느낌을 받았다. 그건 자전거와 오토바이의 차이보다 더 큰 차이일 거다. 물론 여전히 저녁이 되면 그들은 바람을 가르며 인간 선풍기가 된다. 엄청난 소음을 내며 달리는 그것은 자전거가 아니라 오토바이이지만, 오토바이이기 때문에 가능한 베트남적인 풍경도 존재한다. 나는 작은 오토바이 하나에 5인 가족 모두가 달라붙어 탈 수 있다는 신기에 가까운 서커스적 광경을 목격하고 결국 내가 낯선 타국에 왔음을 실감했다. 공해를 피해, 햇빛을 피해, 복면강도처럼 여자, 남자 할 것 없이 마스크를 쓰고 오염된 도시 속을 유목민처럼 유랑하는 그림들 말이다. 하지만 나는 그 모습조차 베트남적이고 너무나 아름답다고 생각했다. 아오자이에서 반바지와 찢어진 청바지로 바뀌어 있다 해도, 여전히 베트남은 베트남이고, 호찌민은 호찌민이니까 말이다.

날이 더운 날, 달랏에 가기로 했다. 달랏은 요즘

각광받는 휴양도시 다낭과는 언뜻 혼동될 수 있는 곳이지만 바다로 둘러싸인 다낭과 전혀 다른, 산과 호수의 도시이다. 달랏을 인터넷에 치면 "연평균 기온이 24도로 '봄의 도시'라는 애칭이 있다. 달랏 시는 해발 1500미터 고도에 인구는 2014년 기준 약 30만 명이다. 달랏은 꽃과 커피가 유명하고, 54개의 소수민족이 산다" 같은 정보가 나오는데, 누군가 내게 달랏을 이해하기 쉬운 비유 하나를 말해줬다. "달랏은 대관령 같은 곳이야. 고도가 높아서 아주 시원해."

어슴푸레 해가 질 무렵 비행기로 호찌민에서 한 시간 거리에 있는 달랏에 도착했다. 어느 도시에 도착하든, 맨 처음 맡는 공기에서 그 도시의 맥박을 느끼곤 했던 나는 달랏에서는 순한 소여물 같은 냄새를 맡았다. 잠시 걸음을 멈춘 채, 달랏 공항 주변을 둘러보았다. 불과 한 시간 만에, 호찌민과는 별개의 나라에 와 있는 기분이 들었다. 달랏이 지금 우기라는 것은 그곳에 도착한 직후 알았다. 내가 사는 도시 일산은 호수공원이라는 거대한 인공 정원이 도시 한쪽을 감싸고 있는데, 달랏의 주변부에는 투엔람 호가 있었다. 흥미로운 점은 '검은 숲'이라고 불리는 이 도시의 소나무숲이 도시를 감싸고 있다는 것이었다.

며칠간 달랏에 머물면서 밤에는 야시장에 나갔다. 호찌민만큼 덥지는 않았지만 분명 반팔을 입고 돌아다닐 정도의 날씨에도 이곳 사람들은 털모자와 귀마개를 쓰고

다녔다. 특히 아이들은 너 나 할 것 없이 토끼 모양의 귀마개를
하고 있었는데, 꼭 추운 나라에서 온 동그란 앨리스 같았다.
방콕의 짜뚝짝 시장이나, 타이페이의 스린 시장과 다른 달랏
야시장의 매력은, 보이지 않는 거대한 선풍기를 걸어놓은
것처럼 아무리 시장 안을 돌아다녀도 땀이 나지 않는다는
것이다. 시장 앞에는 커다란 롯데리아가 상징물처럼 서 있었다.
처음 호찌민에서 파리바게뜨를 봤을 때만큼이나 기묘한
느낌이었다. 각 나라의 맥도날드에 가서 그 나라에만 있는
메뉴를 보는 것을 좋아하는 나는 그곳에서 다양한 종류의
라이스버거와 밥과 국물까지 파는 것을 봤다.

　　달랏에서도 절에 들렀다. 모태신앙이었던 나는
「누가복음」이나 「마태복음」의 성경 구절을 외우는 유년기를
보냈다. 해마다 여름방학이면 성경학교에 참여했고,
크리스마스이브의 밤을 교회에서 지새운 적도 많았다. 하지만
그것과 별개로 절은 내게 마음의 유적지 비슷한 곳이었다.
달랏에서는 죽림사원에 갔다. 1994년에 세워진 달랏에서 가장
큰 절이었다. 베트남은 동남아시아에서 유일하게 대승불교를
잇는 나라인데, 그곳에서 향에 불을 피우는 스님을 보았다.
어디선가 한 무리의 러시아 미녀가 들어와 사진을 찍었다.
누군가에게 물었더니, 이곳에는 식민지 영향으로 러시아인과
프랑스인 관광객이 많다고 했다. 갑자기 쏟아진 스콜 때문에
소나무와 대나무의 숲에 내리는 빗소리를 듣다가 문득 어떤

스님이 해주셨던 말이 떠올랐다.

"소나무를 볼 때, 사진작가와 화가와 목수의 시선은
다를 수밖에 없어요. 다 자기 눈으로 그것을 보기 때문입니다.
달마산 산기슭의 멋진 노송을 그리던 화가의 눈에는 나무를
베는 목수가 도저히 이해 안 되는 무식한 촌부이지만, 목수는
대들보로 쓰기 가장 좋은 소나무를 발견해 행복하기만 한 게
세상 이치인 거죠. 목수의 눈에는 나무가 사람들에 눈에 띄지
못할 곳에 있으니 사람이 자주 드나드는 집의 일부가 되어
그것과 행복하게 동거하는 쪽이 더 효율적인 것이기 때문에
그것이 선입니다. 세상 모든 것들에는 무한한 가능성이 있는데,
사람들은 자기 인식의 틀을 만들어서 그것을 한계 짓고 가두며
괴로워하죠. 그래서 저 사람은 절대로 이해할 수 없다, 라고
생각하곤 괴로워합니다. 인식의 틀을 열면 사람은 저절로
비워지고 행복해지죠."

무엇이 선이고 악인가. 인간의 마음이 그것에 색깔을
입히는 것뿐이다. 본디 모든 것에는 색이 없다. 언젠가는
나도 이 말씀에 진심으로 고개를 끄덕일 테지만, 지금의 나는
좋아서 죽을 것 같고, 싫어서 미칠 것 같은 세계에 살고 있다.
어쩌면 나는 내 뜻대로 되지 않아 점점 더 나빠지거나, 점점
더 좋아지는 세계에 아직은 살고 싶은 건지도 모른다. 다만,
이 먼 곳까지 와서 드는 생각은 이제 점점 마음먹는 것이

힘들어지고, 한번 받은 상처는 쉽게 아물지 않는다는 것이었다.
살아온 관성과 공허 사이에 낀 나이라는 생각도 들었다.
아마도 나는 남쪽의 끝까지 내려가 스님에게 그런 걸 물었던
것 같다. 그때 스님은 내게 "마음을 비우는 게 힘들다면 그릇을
키워야지요"라고 말하며 빙그레 웃었다.

　　"과거는 과거로서 이미 완성된 것이기 때문에, 우리는
현재를 살아야만 합니다. 지금은 정성을 내서 차를 마시고,
지금 나누는 이야기에 집중해야 합니다. 과거를 생각할 것이
아니라, 내일을 걱정할 것이 아니라, 현재에 집중하고, 그것이
과거나 미래에 오염되지 않게 해야 하죠. 모든 것에 불만이
많은 사람은 아무리 맛있는 걸 먹어도, 예전에 엄마가 해주던
것과 비교해 맛없고, 제철이 아니라서 맛이 없는 것이에요."

　　빗소리를 들었다. 가루처럼 날리는 싸리비였다. 비를
피해 앉아 있어도 어느새 빗방울이 얼굴과 팔뚝에 달라붙었다.
눈에 빗방울이 들어갔는지 눈물이 고였다. 눈을 감았다.
대나무숲에 내리는 비는 바람까지 몰고 왔는지 곧 어두컴컴한
사원 아래로 누군가의 비명 소리 같은 바람 소리가 들렸다.
서울과 두 시간 정도의 시차가 존재하는 낯선 도시에서 나는
이 년 전의 일들을 떠올렸다. 불자가 아닌데도 어느 절 안에서
천 배를 했었다. 네 시간을 쉬지 않고 절을 한 후 문득 바닥을
보았는데, 오래된 대웅전 바닥 아래에 땀인지 눈물인지 모를

겨울의 교토에서 여름의 달랏을 생각하다

물이 고여 있었다. 스님이 법당에 다시 향을 피웠다. 곧 바람을 타고 향냄새가 내려와 친구처럼 걸터앉았다. 나는 그곳에 계속 앉아 있었다.

떠나는 일에 대해 나는 그곳에 앉아 생각했다.

뜻밖에 비를 만나, 예정보다 절 안에 오래 머물 수 있다면 좋은 일이다. 생각이 정지하기 때문이다. 예정보다 길게 머물러 죽림사원을 내려가는 케이블카를 놓친 경험 역시 좋은 일이었다. 풍황산 하늘에 멈춘 채 떠 있는 케이블카를 보다가 필시 고장이 난 것이로구나, 라고 생각했다. 하지만 그것이 두 시간이나 되는 넉넉한 점심시간 때문이라는 걸 알게 되었다. 눈만 마주쳐도 환하게 웃는 베트남인의 여유가 대체 어디에서 오는 걸까 늘 궁금했었는데, 실마리를 찾은 기분도 들었다.

결국 일상적인 생각과 걸음의 속도가 달라지는 게 여행의 진짜 이유인지도 모른다. 고속열차를 타면 세 시간이면 갈 곳을, 길이 나빠 꼬박 1박 2일이 걸리는 도시에 산다면, 시간을 체험하는 일은 이토록 다를 테니까 말이다. 내가 쓴 소설의 한 구절이 떠올랐다. 들여다보지 않으면 절대 외워지지 않을 문장들이었지만, 그것을 쓸 때의 내게는 그토록 절박했을 어떤 문장들 말이다.

나이가 들어 시간이 더 빨리 흐르는 건, 이미 살아온 삶에
대한 기억 때문이다. 어제와 내일이 비슷하고, 올해와 내년의
사랑이, 십 년 후 친구와 가족들이 변치 않으리란 빤한 예측들.
성공의 기쁨과 실패의 절망을 알아가는 나이가 되면, 앞으로의
시간은 새롭게 '축적되는' 것이 아니라 비슷한 경험으로
'포개져'버린다. 그러니 시간은 점점 더 빨라질 수밖에. 늘
가는 식당, 늘 가는 회사, 늘 만나는 사람들과의 시간은 언제나
포개지며 반복되니까. 낯선 길이 두렵고 처음 만나는 사람과의
시간이 길게 느껴지는 것은, 익숙함에 대한 반작용 때문이다.
시간을 확장하는 유일한 방법은 그러므로 미지의 길을 걷고,
나와는 다른 억양을 쓰는 타인을 만나는 것뿐일지도 모른다.
어쩜 낯선 공기와 진한 향신료 냄새, 심하게 구불거리는 언어와
반대로 타는 운전석에 시간의 비밀이 있을지도. 여행이란
익숙한 시간을 깨끗한 물에 빨아 오후 두 시의 강렬한 태양
아래 걸어놓는 일인 것이다.

러시아 크라스키노, 인도양 모리셔스, 세이셸

귀중한
지상의 방 한 칸

—

황 희 연

유목민의 피를 돌게 만드는 것은
귀중한 '지상의 방 한 칸'이다.
차이 한 잔으로 몸을 따뜻하게
녹일 수 있는 이 시간, 이 공간이
정말 소중하고 행복하다.

지도에 없는 마을로 떠났다. 한 번도 가보고 싶어 하지 않았던 땅, 이름조차 몰랐기에 당연히 욕망한 적도 없었던 땅으로 가게 된 것은 순전히 낯선 한 통의 전화 때문이었다. 전화기가 울렸고, 낯선 지도 위로 걸어가는 흥미로운 초대장이 발부됐다.

"러시아 크라스키노 농장에 갈 건데 함께 가보지 않겠어요?"

처음 얼굴을 대면한 지 일 년 만에 불쑥 전화를 걸어온 K는 크라스키노라는 단어를 발음하고 난 후 잠시 침묵했다. 아마도 내 반응을 지켜보고 싶은 심산이 컸던 것 같다. 낯선 지명에 대해 호기심을 가질 것인가, 반감을 가질 것인가. 그는 자신이 다니는 회사의 농장이 그곳에 있으니 함께 가본 후 여행작가로서 느낀 점을 솔직히 기록해주면 된다는 최적의 조건을 내걸었다. 거절할 이유가 없었다. 크라스키노라는 단어는 나에게 꽤 기이하게 들렸다. 나는 그곳에 초대되기 전까지 한 번도 그 지역에 관한 이야기를 들어본 적이 없다. 거친 바람에도 끄떡없이 잘 자라는 콩잎만이 무성하게 자라는 농장이니 그럴 수밖에.

그곳은 대체 지구상 어디에 있는 곳일까. 일 년 전 모스크바 밤거리에서 길을 잃고 헤매던 기억이 떠올랐다. 모스크바에서 만난 한 사내는 "여자 혼자 모스크바 밤거리를 돌아다니는 것은 목숨을 내놓고 다니는 것과 마찬가지"라며 "여행 지도는 절대 꺼내볼 생각조차 하지 말라" 하고 단단히

주의를 주었다. 덕분에 나는 아무리 외우려 해도 외워지지 않는 러시아 글자를 암호처럼 해독하느라 지하철을 몇 번이나 잘못 탔고, 귀갓길이 더 늦어지는 바람에 두려움에 떨며 밤거리를 헤매고 다녔던 안 좋은 기억이 있다. 잔뜩 움츠리고 거닐던 기억, 실제 기온보다 더 춥게 느껴졌던 십일월 모스크바의 날씨. 러시아의 초겨울에 대한 기억은 대체로 그런 을씨년스러운 풍경 안에 머물러 있었다. 그런데 일 년 후 나는 다시 생각지도 않았던 초대를 받고 러시아로 돌아가게 된 것이다. 과연 그곳에서 나는 또 어떤 짜릿한 추억을 만들게 될까.

전화를 끊자마자 재빠르게 구글 사이트에 들어가 지도를 검색하기 시작했다. 러시아에 속해 있지만 막상 러시아 땅이라고 하기에는 조금 민망한 드넓은 국경의 가장자리였다. 중국과 북한 모두와 국경을 맞대고 있는 삐죽한 이곳 지형이 꽤 흥미롭게 다가왔다. 한반도 전체 지도를 떠올리면 맨 위쪽, 그러니까 호랑이의 앞발 부분과 맞닿아 있는 그곳. 러시아의 변방인 블라디보스토크에서도 다섯 시간 넘게 차를 몰고 가야만 만날 수 있는 곳. 내 머릿속 지도에 최초로 등장한 지역을 마주하자 나는 잠시 흥분했다.

크라스키노는 북한의 최북단인 두만강 줄기 중에서도 가장 상류에 위치한 곳이다. 북한 주민이 러시아나 중국을 육로로 관통할 때 반드시 거쳐야 하는 하산 역이 있는

곳이기도 하다. 안중근의 단지비가 세워진 만주 독립운동의
본고장이었다는 사실을 알게 된 것은 그로부터 한참 뒤,
크라스키노 농장에 도착하고 난 후의 일이다. 안중근은
크라시키노에서 열한 명의 동지들과 단지회를 조직하고 조국의
독립을 기원하며 왼손 약지를 잘랐다.

　　여행을 다니다 보면 낯선 도시에 대한 감흥은 점점
줄어들기 마련이다. 여행을 떠나기 전 상상했던 풍경이 모두
그대로 재현되거나 그보다 못한 풍경을 만나게 되는 경우가
허다하기 때문이다. 여행생활자라는 것은 말만 근사할 뿐이지,
여행에 대해 점점 무감해진다는 것을 의미하기도 한다. 그런
의미에서 러시아 크라스키노는 나에게 새로운 호기심을 안겨준
매혹적인 지명이었다. 스스로 꼼꼼하게 준비해서 떠난 여행이
아니었고, 머릿속 지도에 익숙하게 그려져 있는 뻔한 공간도
아니었다. 그곳에서 무엇을 만나게 될지 훤히 그려볼 수 없었기
때문에 더 관심이 가고 새로웠다.

　　공항에서 대기 중이던 지프를 타고 다섯 시간 정도
달리는 동안 볼 수 있는 것이라고는 논과 밭과 드넓은 황무지가
전부였다. 오랜 시간 볼품없는 정경만 지루하게 바라보다가
비로소 크라스키노 농장에 도착했다. 농장의 첫인상은
크라스키노라는 낯선 이름보다 훨씬 더 기이했다. 드넓은
농장 위에 띄엄띄엄 몇 채의 로지가 텐트처럼 세워져 있었다.

그 모습이 아프리카 초원을 배경으로 한 영화에서 흔히 볼 수 있는 야생의 풍경과 흡사했다. 아름다웠으나 오래 머물다가는 정신병이 도질 것 같은, 정적이 가득 배어 있는 공간이었다. 다행히 나는 드넓은 초원에 외롭게 서 있는 단독형 로지가 아니라 호텔형 숙소로 안내되었다. 생각보다 훨씬 따뜻했고 뜨거운 물이 콸콸 흘러나왔다.

오지에서 만나는 쾌적한 숙소는 여행자에게 잠시 안도감을 전해준다. 샤워를 편하게 할 수 있다는 것, 더 이상 굶주릴 필요가 없다는 것이 증명된 셈이니까. 저녁 식사 자리에는 책을 쓰기 위해 이미 한 달간 농장의 로지에서 기거해온 어느 대학 교수가 동석했다. 로지에 머무는 동안 매일 식사를 담당하는 셰프 외에 별달리 사람을 만날 기회가 없었던 교수님은 우리를 무척이나 반기는 눈치였다. 러시아어를 꽤 유창하게 구사하지만 모국어로 수다를 떨고 싶은 욕망은 인간이 가진 원초적인 본능 중 하나이다. 그는 한국어 수다를 속사포처럼 쏟아냈고, 우리는 밤새 술을 마시며 다종다양한 이야기를 나눴다. 내친김에 모닥불까지 지피며 대학 수련회 풍경을 재현했다. 그리고 다음 날, 두만강 푸른 물이 잔뜩 얼어 있는 풍경을 먼발치에서 함께 바라보았다.

파주 임진강 언저리에서 살고 있는 나에게 두만강을 마주한다는 것은 색다른 감흥을 전해주었다. 북한의 최북단에 있는 두만강은 방향을 180도 바꾼 북한의 또 다른 전망이기도 하다. 북한의 아랫부분을 늘 올려보는 데 익숙했던 사람에게, 그것은 북한의 윗자락을 내려다볼 수 있는 새로운 관점의 전환이기도 했다. 생각보다 훨씬 뜨거운 감정이 끓어올랐다. 저 멀리 북한 사람들이 살고 있다는 것. 그들이 움직이는 풍경을 먼발치에서나마 또렷이 볼 수 있다는 것이 흥미로웠다. 이건 일반적인 여행지에서는 흔히 접하기 어려운 낯선 경험이 분명하다.

　　요즘 나에게 여행이란 별반 특별할 것 없는 일과 중 하나였다. 무덤덤하게 여행에 대한 호기심을 잃어가던 무렵 만나게 된 미지의 풍경은 무척이나 새롭고 신선했다. 내가 쫓는 여행은 예상을 뛰어넘는 모험이라는 사실을 새삼 깨달았다.
　　나는 관광책자를 들고 여행 다니는 것을 별로 좋아하지 않는다. 남들이 다니는 경로대로 여행하는 것에 흥미를 잃은 지 오래이다. 여행은 내가 상상할 수 있는 세상을 한 뼘 더 넓혀가는 작업이고, 오직 그것만이 내가 여행을 다니는 유일한 이유이다. 여행에서 낯선 체험을 하고 싶은 욕망, 자유롭게 탐험을 떠나고 싶은 열망 때문에 내 여행은 여전히 현재진행형이다. 문득 머릿속에 하나의 문구가 스쳐 지나간다. 마크 트웨인이 남긴 여행에 관한 흥미로운 경구이다. "지금으로부터 이십 년 뒤, 당신은 당신이 했던 일보다 하지 않은 일 때문에 후회할 것이다. 그러니 밧줄을 풀고 안전한 항구를 떠나 항해를 시작하라. 돛에 무역풍을 가득 담아라!
모험하라. 꿈꾸라. 발견하라!"

러시아 크라스키노는 마크 트웨인이 내 마음속에
불어넣어준 탐험의 열망을 다시 한 번 장전시켜준 흥미롭고
새로운 여행지였다.

크라스키노를 여행하고 돌아온 지 다섯 달쯤 지난 어느
날, 느릿느릿 트레드밀 위를 걷고 있던 나에게 다시 한 통의
전화가 걸려왔다. 모리셔스와 세이셸로 떠나는 여행길에
동행할 수 있는지 묻는 전화였다. "모리셔스? 세이셸?" 언젠가
한번 가보고 싶던 이국적인 여행지인 것은 분명했다. 하지만
당시 나는 진행 중인 업무가 폭발 직전으로 쌓여 있던 상황이라
열흘 넘게 어딘가로 훌쩍 떠나는 것이 감히 허락되지 않는
상황이었다. 일거리를 싸안고서라도 인도양의 낯선 나라로
떠나야 할까? 이대로 마음을 접어야 할까? 하루에도 몇 번씩
마음이 오락가락했다. 모리셔스와 세이셸은 크라스키노만큼
낯선 지명은 아니었지만, 크라스키노보다 내 인생에서 감히
엄두도 내보기 어려운 여행지인 것은 확실했다. 여비도 만만치
않고, 가는 길도 멀고 험난했다. 지금이 아니면 평생 기회가
없을지 모른다!

여행이 탐험이라는 명제에 동의한다면, 이곳만큼 적당한
목적지는 따로 없었다. 심지어 내 여행 멘토인 마크 트웨인이

이곳을 가리켜 바로 '천국'이라 극찬하지 않았던가. 여행광이던 작가 마크 트웨인은 전 세계 수많은 곳을 둘러보고 난 후 지긋한 노년에 이르러 이렇게 말했다. "신은 천국을 만들고 난 후 그곳을 본떠 모리셔스를 창조했다." 위대한 작가가 '지상천국'이라고 표현한 여행지는 과연 어떤 풍경일까. 그곳을 내 눈으로 직접 확인해보고 싶은 마음이 굴뚝 같았다. 그 무렵 여행을 좋아하던 후배 한 명이 신혼여행으로 모리셔스를 다녀왔다고 자랑을 늘어놓았다. 흔한 신혼여행지 대신 멕시코 칸쿤이나 인도양 섬으로 여행을 떠나는 것이 유행처럼 번지던 무렵이었다. 유행에 민감한 잡지사 기자 후배는 여행을 다녀온 후 엄지를 번쩍 치켜들었다. "정말 끝내주는 곳이에요. 낭만의 정점을 보여줘요!" 후배의 한마디 덕분에 미지의 나라로 향하는 기대감은 더욱 증폭됐다. 나는 일거리를 싸들고서라도 기어이 모리셔스행 비행기에 올라보기로 했다.

　　가는 길은 예상대로 쉽지 않았다. 공항 대기시간을 포함해 스물네 시간 이상 걸리는 장거리 비행 스케줄. 비행기를 두 번이나 갈아탔고, 그중 한 번은 경비행기를 타는 노선까지 포함되었다. 그래도 나는 탐험을 인생의 교리로 알고 살아온 사람답게 귀찮고 힘들다는 생각보다 기대감이 먼저 부풀어올랐다. 심지어 이번 여행은 포시즌만큼이나 인도양에서 럭셔리한 곳으로 소문난 콘스탄스호텔 앤 리조트에서 머무는 여행이고, 비행기 좌석 등급도 남달랐다. 에티하드항공의 비즈니스클래스는 〈섹스 앤드 더 시티〉의 그녀들이 여행을 떠날 때 탑승했던, 바로 그 '세계에서 가장 안락한 좌석'이기도 했다. 침대에 버금가는 의자에 누워 샴페인 잔을 들어올리며 내 인생에 축배를 보냈다.

공항에 도착하니 리조트에서 마중 나온 현지인이 차가운 물병을 안겨주며 숙소로 편안히 모시겠다는 인사를 정중히 전해왔다. 쾌적한 봉고를 타고 달릴 때만 해도 양쪽으로 나란히 펼쳐진 사탕수수 농장이 그저 새롭고 신기하게만 느껴졌다. 저 밭에서 일하는 사람은 어떤 사람일까, 허름한 저 마을에서 뛰쳐나온 꼬맹이는 어떤 고민을 갖고 있을까, 모리셔스의 모든 것을 온몸으로 샅샅이 느끼고 싶었다. 리조트로 달리는 동안 해가 뉘엿뉘엿 지기 시작했다. 사탕수수 너머로 파스텔빛 노을이 아련하게 물들었다. 한 시간여를 달려 도착한 곳은 빌라형 로지 타운. 러시아에서 경험했던 야성적인 로지와 비슷했지만 어쩐지 느낌은 많이 달랐다. 훨씬 세련되고 호화로운 풍경. 숙박객은 누구나 해변 곳곳에 비치된 궁전 같은 파라솔 아래에 누워서 선탠을 즐길 수 있고, 골프와 스파도 적절한 가격에 즐길 수 있었다.

아침 산책 중 모래사장 위에 차려진 아침 뷔페 식탁을 보며, 저런 데서 개인적인 식사를 즐기는 사람이 대체 누구일지 내심 궁금했는데, 알고 보니 그것은 나를 위해 차려진 아침 식탁이었다. 저녁마다 호텔 지배인이 주최하는 만찬이 연일 끊이지 않았다. 호텔 지하에 있는 와인저장고에서 숙성된 와인을 맛보는 호사도 간간이 누렸다.

그곳에서 내가 해야 할 일은 아무것도, 정말 아무것도 없었다. 배부른 돼지처럼 유유자적하면 그만이었다. 생각보다 시간이 더디게 흘러갔다. 나는 바리바리 싸들고 간 일감을 느긋하게 소화하며, 인도양의 바다가 보이는 발코니에서 원고를 쓰는 기분도 그리 나쁘지 않다는 사실을 깨달았다. 여행지에서 일을 하고 있으면 우울증이 쓰나미로 덮칠 줄 알았는데 오히려 기분이 산뜻하고 즐거웠다. 뭔가 할 일이 있다는 것이 위안으로 느껴질 만큼 스케줄이 거의 없는 무료한 시간이었다.

화려한 리조트 내부를 뒤지며 상류층의 삶을 체험해보는 것도 하루 이틀이면 흥미가 떨어지기 마련이다. 다음 날엔 심지어 더 호화로훈 7성급 리조트로 안내됐다. 6성과 7성 호텔의 차이를 구분하는 것은 생각보다 쉽지 않았다. 그곳은 여전히 호화로웠고, 나는 여전히 할 일이 없었다. 수영을 하거나 식사에 초대되는 일정이 지루하게 반복됐다. 모리셔스라는 도시가 대체 어떤 곳인지, 그곳에 사는 사람이 어떤 이들인지 알아낼 재간이 없었다. 사흘이 지나도록 모리셔스에 관한 정보는 공항에서 리조트로 오는 봉고에서 본 풍경 이상으로 쌓이지 않았다.

호화로운 여행이 점점 지루해지기 시작할 무렵, 드디어 나는 미로 같은 로지 타운에서 탈출할 기회를 얻었다. 마침 골프 체험을 하던 중 하나밖에 없는 안경을 잃어버리고 말았다. 도심 안경점에서 비상용 안경이라도 맞춰야 하는 상황이니, 돈은 꽤 들어가겠지만 기분은 더없이 산뜻했다. 드디어 까만 피부를 가진 크레올인과 몸을 부딪치며 시장 바닥을 헤맬 수 있는 기회를 얻었다. 모리셔스에서 제일 활기찬 포트루이스 항구 풍경은 바닷가 리조트 풍경과 전혀 달랐다. 인종의 전시장 같은 시장 안 사람들이 먼저 눈길을 사로잡았다.

  모리셔스는 애초에 인종을 따지기 어려울 만큼 복잡한 인종이 뒤섞여 있는 나라이다. 여러 나라에서 온 이민자가 피부색을 따지지 않고 서로 화합하며 살고 있다. 인도계가 68퍼센트, 백인과 흑인의 피가 섞인 크레올이 27퍼센트, 중국계가 3퍼센트, 프랑스계가 1퍼센트. 생각해보니 리조트 관계자로서 나를 반갑게 맞이해준 사람도 피부색이 모두 달랐다. 처음 만난 지배인은 세련된 프랑스계 이민자였고, 다음 리조트에서 만난 지배인은 전형적인 인도계였다. 이들은 서로 '피의 기원'을 따지지 않는다. 오래전부터 한 공간에서 공존하며 살아왔기 때문에 자기 방식대로 사는 인생에 별다른 편견이 없다. 그들은 모두 똑같은 '모리시안'일 뿐이다. 언어도 다양하다. 영어를 사용하기는 하지만 문법이 제대로 지켜지지 않는 그들만의 단순화된 영어를 쓴다. 프랑스어의 영향도 깊이 남아 있다. 인도의 향신료가 들어간 음식을 주로 먹지만 중국이나 프랑스 요리의 색깔도 다채롭게 섞여 있다. 인종과 문화의 용광로는 미국이 아니라 바로 이곳 모리셔스가 아닐까 싶을 만큼 모든 것이 뒤죽박죽 섞여 있는 칵테일 같은 나라이다.

나는 며칠 전 보았던 사탕수수 농장의 풍경을 떠올리며 포트루이스 거리에서 직접 짜주는 사탕수수 주스를 입안 가득 머금어 보았다. 그리고 사탕수수로 만든 달콤한 럼주를 맛보며 모리셔스 구석구석을 즐겁게 헤매고 다녔다. 포트루이스 근처에는 도시 전체를 한눈에 내려다볼 수 있는 시타델이라는 이름의 전망대가 있다. 회색 성벽 앞에 서 있는 몇 대의 검은 대포 때문에 첫 느낌은 다소 삭막하게 느껴졌지만, 성벽 안쪽으로 들어가자 흥미로운 공간들이 보물처럼 숨겨져 있었다. 바닐라럼부터 화이트럼까지 다종다양한 럼을 파는 주류점과 기념품점, 360도 시야가 확보된 전망대 등이 들어서 있었다. 세계 어느 지역을 여행하든, 새의 관점으로 도시를 내려다보는 것은 내 여행의 오랜 습관 중 하나이다. 위에서 도시를 내려다보고 있으면, 지도 한 장을 손에 넣었을 때처럼 숨통이 확 튄다. 도시의 모든 것을 봤다는 충만함이 차오른다.

모리셔스에는 이 밖에도 돌아볼 만한 곳들이 지천에 널려 있다. 돌고래 떼가 바다 한가운데서 춤추는 모습을 볼

수 있는 블랙리버 만과 사자와 얼룩말이 초원에서 게으르게
어슬렁거리는 카젤라 국립공원, 화산섬 느낌이 물씬 풍기는
붉은 대지를 품은 샤마렐 무지개 언덕까지, 한 달여를
머물러도 다 경험하기 어려울 만큼 풍요로운 자연을 품은
곳이 모리셔스이다. 이곳에서 모리셔스의 일부만을 느끼고
돌아가야 한다는 사실에 그저 분통이 터질 지경이었다. 하지만
포트루이스 항구의 바람과 공기를 맞은 것만으로도 나는 다시
기분이 좋아졌다. 모리셔스의 바람이, 자유의 향기가, 이곳의
수많은 전설을 나지막이 속삭여주는 것 같았다.

　　모리셔스에서 일주일을 보낸 후 예정대로 세이셸행
비행기에 몸을 실었다. 영국 윌리엄 왕자의 신혼여행지이자
미국 오바마 대통령의 가족 휴가지로 알려진 후 부쩍 많은
관광객을 받고 있는 세이셸. 이곳은 도심에서 부대끼며
살아가는 사람의 심장에 새로운 피를 돌게 해줄 꽤 그럴싸한
처방전처럼 느껴졌다. 모리셔스를 돌아보고 난 후라서 그런지
이곳을 어떻게 즐겨야 할지 제법 감이 왔다. 리조트의 편안함을
최대한 만끽하다가 지루함이 극에 달하는 순간 도시로
뛰쳐나갈 것, 그곳에서 최대한 많은 사람을 만나볼 것. 이 두
가지 특명을 가슴에 새기며 즐겁게 세이셸로 향했다.
　　다시 정박의 시간이 찾아왔다. 늘 접했던 태평양의
바다가 아니라 낯선 인도양의 바다가 드넓게 펼쳐졌다.

바닷물이나 한번 만져볼까 싶어 손바닥을 바다 깊이 넣었더니
열대어 몇 마리가 반투명한 몸을 흔들며 자유롭게 지나갔다.
115개의 섬이 모여 한 나라를 이룬 세이셸은 바다가 특히
아름다운 곳이다. 수도가 있는 마헤 섬에서 프랄린 섬으로,
다시 라디그 섬으로 넘어갈 때마다 바다색이 더욱 찬란하게
변했다. 유네스코 지정 세계자연유산인 세이셸은 육중한
몸집을 자랑하는 육지거북과 기괴한 바위섬이 어우러진
독특한 해변 풍광을 자랑한다. 덕분에 세이셸의 바다에 붙은
수사는 여러 가지이다. '죽기 전에 꼭 가봐야 할 천국'이라거나
'세계 최대의 천연 아쿠아리움'이라는 찬사를 수시로 듣는다.
세계에서 가장 아름다운 해변도 여럿 있다. 그중 가장 유명한
곳은 영화 〈캐스트 어웨이〉의 척 놀랜드(톰 행크스)가 오랜
시간 원시의 삶을 연명했던 장소이기도 한 '앙스 수르스
다르장'이다. 비현실적인 바다와 화산섬의 거대한 위용, 인도,
프랑스, 영국, 중국의 문화가 용광로처럼 뒤섞인 섬나라는 비록
작지만 크고 웅장한 느낌으로 다가왔다.

　　세이셸의 전통음식이라는 박쥐 요리를 눈 질끈 감고
과감하게 썹어보고, 여자의 살찐 엉덩이를 닮은 코코드메
나무를 둘러보는 것으로 긴 여정이 모두 끝났다. 화려한
로지에서 보낸 약 보름간의 시간은 무척이나 달콤하고
여유로웠다. 탐험을 하려고 떠났는데 실컷 나침반만
만지작거리다 돌아왔지만, 그래도 호화로운 로지에서 보낸 한

철은 영원히 잊지 못할 추억을 안겨주었다.

　　아쉬웠던 여행을 끝내고 다시 반년의 시간이 흘렀다.
나는 지금 이 글을 네팔 안나푸르나의 작은 로지에서 쓰고
있다. 참 호화로웠던 로지의 추억이 꿈결처럼 아득하게 느껴질
만큼 이곳의 로지는 누추하고 불편한 공간이다. 밤에 화장실을
가려면 손전등을 들고 나가야 한다. 아무리 돈을 많이 내도
물이 바닥나면 샤워를 하지 못한다. 온종일 땀을 철철 흘리며
걸어다녔어도 샤워조차 마음대로 할 수 없는 누추한 공간에서
밤새 추위에 떨며 잠을 청해야 한다. 세상에는 호화로운 풀빌라
로지만 있는 것이 아니라 이처럼 단돈 300루피짜리 허름한
로지도 있는 법이다.

　　여행지에서 우리는 수많은 로지를 지나간다. 그곳은
우리에게 잠시 쉬어가는 항구이기도 하고, 지친 몸을 감싸주는
아늑한 공간이기도 하다. 나는 여행을 떠날 때, 새롭게
만나게 될 로지들이 늘 궁금하다. 여행에서 보는 아름다운
자연유산보다 여행지에서 우연히 만나는 로지가 더 흥미롭다.
나에게 여행은 다른 곳에서 살아보고 싶은 욕망이고, 머무는
즐거움을 느끼기에 최적의 공간이 바로 로지이기 때문이다.
유목민의 피를 돌게 만드는 것은 귀중한 '지상의 방 한 칸'이다.
차이 한 잔으로 몸을 따뜻하게 녹일 수 있는 이 시간, 이 공간이
정말 소중하고 행복하다.

귀중한 지상의 방 한 칸

모리셔스와 세이셸의 화려한 로지부터 러시아 크라시노프의 황량한 로지, 안나푸르나 설산이 병풍처럼 늘어서 있는 허름한 로지까지, 지구상의 로지를 모두 경험해보고 싶은 욕망 때문에 나는 여전히 여행을 멈출 수 없다.

리투아니아: 빌뉴스, 드루스키닌카이

시詩의 뜨거운
노스탤지어

—

김경주

도무지 사건이라고는
일어날 것 같지 않은
평온하고 온유한 공기의 질감은
여행자의 불안, 여독, 귀소본능을
잠시 마비시킨다.

유럽 동북부의 리투아니아에 다녀왔다.

인구가 삼백만 명이 조금 넘는, 발트해 연안의 이 작은 나라에 내가 가보게 된 것은 그곳 남부에 위치한 휴양 도시 드루스키닌카이에서 매년 시월마다 개최되는 국제문학축제인 '드루스키닌카이 시와 함께하는 가을'에 2013년 한국 시인으로 초청받은 것이 계기였다. 시인으로서 외국의 문학행사에 초청받는 일이 종종 있는데 이러한 행사에는 남다른 의미가 있다. 시를 통해 모국어의 속살과 질감을 알게 될 뿐만 아니라, 다른 나라 시인들과의 교류를 통해 그 나라의 모국어로 된 시를 체험하는 기회를 가질 수 있어서이다. 시는 인류의 모국어이자 인류가 남긴 귀한 유산이다. 그런 점에서 리투아니아에서 내가 경험한 것은 그 나라의 모국어 체험이면서 여행이었다. 리투아니아에 대해 이야기하려면 무엇보다 리투아니아의 언어에 대해 먼저 이야기를 해야 한다. 어쩌면 이 이 작은 나라에서 내가 느꼈던 매력은 그 고유한 모국어에서 비롯된 특별한 여행일지 모른다.

많은 사람에게 리투아니아는 아직 생소한 나라이다. "어디에 붙어 있는 나라이지?" 하는 것은 물론 그곳이 어떤 언어를 사용하는지도 잘 모른다. 농담 삼아 "음악 감독 박칼린 씨의 엄마가 리투아니아인이야"라고 하면 그제야 비로소 호기심을 보인다. 하일지의 소설 『우주피스 공화국』의 실제 모델이 되는 도시가 리투아니아의 수도 빌뉴스이며 이문열의 소설 『리투아니아의 연인』에서도 아름답고 매혹적인 곳으로 묘사된다고 하면 고개를 끄덕이고 경청하기 시작한다.

　　나는 떠나기 전, 리투아니아의 날씨를 상상해보았다. 시월 초 그곳의 공기는 서울보다는 차가울 것 같았다. 절기상으로는 완연한 가을이었지만 어딘가에는 백야의 끝물이 남아 있을 것으로 생각되었다. 백야는 러시아 여행을 비롯해서 몇 차례 경험한 바 있었다. 그때마다 백야는 나를 독특한 시공간으로 안내했다. 발트 해에 인접해 있는 리투아니아 역시 저녁이 되면 백야의 몽환적인 빛들로 가득했다. 호텔 창문으로 보이는 거리는 젖은 이파리들이 무성했는데 그 위로 여름 내 백야가 흘러내렸을 것이다. 북반구의 특성으로 볼 때 이즈음의 하늘은 수평선에 가까울 만큼 낮게 깔려 있다. 백야는 삼백만여 명의 눈동자를 데리고 그 위를 흘러다니곤 했을 것이다. 밤도 아닌 낮도 아닌 시간의 속성 위로 내려앉은 공기에 잠겨 있는 기분은 몽환적이고 우수에 젖을 만큼 객수(客愁)가 흥건하다. 문득 연필을 꺼내 노트 속에 수풀을 채우고 싶은 생각이 들곤 한다.

　　리투아니아는 민속 문화가 아주 풍요로운 나라이다. 현재까지 수집 채록된 민속음악과 구전문학의 수가 오십만 편에 이른다고 한다. 리투아니아어는 인도유럽어족 하위의 발트어라는 어군을 형성하고 있다. 같은 어군에 속하는 언어로는 라트비아어와 후대에 의해 재건되었지만 약간의 어휘만 남기고 사멸한 프러시아어가 있다. 한 언어의 나이를 가늠할 때 동사의 원본 형태가 어느 언어에 많이 남아 있는가를 알아보는 방법이 있는데 연구자들은 리투아니아어에서 슬라브어 어휘와 더불어 발트어의 영향을 꽤 많이 찾아볼 수 있다고 한다. 리투아니아어는 그 역사성과 풍부한 고대언어적 형태 때문에 전 세계의 대학교에서 연구가 이루어지고 있다. 가톨릭 신부 마르티나스 마즈비다스의 『교리문답』은 16세기에 리투아니아어로 발간된 최초의 서적이자 이러한 관점에서 자국어 편찬사업에 도움이 되는 귀중한 사료이다.

리투아니아라는 나라의 정체성을 파악하기 위해서는 소비에트 연합 정권 시절에 대한 이야기를 빼놓을 수 없다. 리투아니아에서 제1, 2차 세계대전과 '민족의 봄' 1848년 혁명 등으로 대변되는 기나긴 독립투쟁은 민족의 생존을 건 일이었고, 공식적으로 리투아니아어 사용을 금지당했던 그들에게 "모국어는 우리가 가장 끈질기게 지켜야 했던 요새"°였던 것이다.

드루스키닌카이는 리투아니아의 수도 빌뉴스에서 세 시간 정도 버스를 이용해서 가야 하는 온천 마을이다.

° 코르넬리우스의 인터뷰에서 인용

리투아니아인에게 이곳은 우리나라의 제주도처럼 요양지나 휴양지로 인식되며 은퇴하거나 평온한 삶을 추구하는 노인이 산책하며 지내기 좋은 평온한 곳이다. 실제로 이곳엔 온천을 테마로 하는 공간들이 꽤 있다. 공원을 따라 산책하다 보면 제1, 2차 세계대전의 격전지를 공원화한 '드루스키닌카이 온천 테마공원'이 있다. 동유럽산 동물들과 마르크스의 석상 등이 보존된 곳이기도 하다. 드루스키닌카이의 가을은 고엽이 된 포플러나무 이파리가 우주공간에서 유영하는 것처럼 도처에 가득하다. 도무지 사건이라고는 일어날 것 같지 않은 평온하고 온유한 공기의 질감은 여행자의 불안, 여독, 귀소본능을 잠시 마비시킨다.

하지만 이 드루스키닌카이가 세계에 알려진 진짜 이유는 따로 있다. 드루키닌카이 시와 함께하는 가을. 이 시 페스티벌은 이미 세계적으로도 유명한 독창적인 문학행사 중 하나이다. 이 축제는 며칠에 걸쳐 열리는데 세계의 시인을 초청하고, 유럽 각국에서 휴양 온 관광객이 어울려 온종일 조그마한 카페에 모여 술을 마시며 자작시를 돌아가며 낭독하는, 소박한 정취의 클래식한 낭독회이다. 드루스키닌카이의 서정적이고 목가적인 풍경 속에서 이 축제는 더욱 가을의 짙은 모습을 드러내며 사람들을 하나로 만든다. 동북부 유럽에서 시의 존재는 다른 곳보다 조금 더 특별한 의미를 지닌다. 혹자들은 시가 지구상에서 마지막까지 살아남을 수 있는 곳이 있다면 여기라고까지 말한다. 자본의 논리에 맞서 아직 시의 뜨거운 노래와 정신이 사람들의 내면에 표류하기 때문이라는 것이다. 아마도 사회주의와 유혈 혁명이 지나간 자리에 쓰러진 술병과 수많은 형식의 시가 민중의 삶 속에서 공존하며 '노래하는 혁명의 땅'으로서 남아 있어서일지 모른다. 러시아의 혁명 시인 블라디미르 마야콥스키나 『오늘은 불쾌한 날이다』의 시인 오십 만델슈탐의 기백을 나는 이 시 축제를 통해 몸으로 체험할 수 있었다.

내가 이 드문 도시의 축제의 일원이 될 수 있었던 것은 이 축제를 처음 기획하고 현재까지 전 세계의 수많은 작가와 시인을 직접 초청한 코르넬리우스라는 시인의 초청을 통해서였다. 그는 리투아니아에서 문화부 장관을 역임했을 정도로 대내외적으로 리투아니아 문학을 대표하는 작가로서 인정받는 시인이다. 나는 그를 소설가 하일지로부터 몇 년 전 처음 소개를 받은 이래 한국에 그의 작품을 소개하거나 그의 한국 방문 때 낭독회를 직접 연출했던 인연이 있다. 코르넬리우스 플라텔리스는 칠레의 파블로 네루다, 스페인의 페데리코 가르시아 로르카, 한국의 고은처럼 리투아니아의 국민시인으로 불리우는 사람이다. 나는 이 여행에서 코르넬리우스의 시 세계에 깊이 감명받았다. 한국에 거의 소개가 된 적이 없는, 그러나 리투아니아 문학을 대표하는 시인인 코르넬리우스 플라텔리스에 대해 조금 더 설명을 보탤 필요가 있을 듯하다.

플라텔리스는 자신의 시에서 사회적, 문화적 혼란과 변화가 나타나는 현실에서 개인과 사회의 윤리가 나아가야 할 길과 윤리적 문화를 정착시키는 방법에 대해서 고찰한다. 플라텔리스의 작품은 정치성과 단정적 어조를 띠는 동시에 신비스러움을 유지하면서 형이상학적인 질문을 던지기 때문에 포스트모더니즘의 색채가 강하게 드러난다.

비슷한 성향을 가진 리투아니아의 다른 작가와 마찬가지로, 플라텔리스 역시 미학적 상상의 산물이 아무 때나 나타나는 것이 아니라는 점과 복잡하고 다층적인 현실을 말로 표현하는 데 한계가 있다는 점을 알고 있다. 이 때문에 그의 시는 영혼을 파괴하는 행위와는 대조적인 성격이고, 여러 차례의 전쟁 이후 리투아니아에 나타난 두려움과 소외에 대항하는 상상과 사랑을 통해 개개인과 국민 전체의 삶을 긍정적으로 표현한다. 그 결과 사회와 개인의 해방과 자유를 가능하게 하는 초월성이 뚜렷하게 나타나고 개인적, 집단적 윤리의 재편성을 요구하는 울림이 더해진다.

플라텔리스는 자신의 시로 저명한 작가의 반열에 올랐고 현대 유럽의 시인들 사이에서 주목받게 되었다. 한국문단은 유럽 동북부 지역의 문학, 그중에서도 리투아니아의 문학에 대해서는 거의 전무하다고 해도 될 정도로 알지 못한다. 그렇기 때문에 더욱 나는 그의 깊이 있는 시적 성찰과 서정적인 작품이

가진 신화와 은유의 세계를 한국의 독자에게도 알리고 싶었다.
그리고 그는 나를 자신의 고향으로 다시 초청한 것이다.

- 코르넬리우스 플라텔리스(Kornelijus Platelis)

  시인, 산문가, 번역가. 1951년 리투아니아 북부의 샤울레이에서 태어났다.
  1973년 빌뉴스 건축학교를 졸업한 후, 드루스키닌카이에서 엔지니어로 일했다.
  그 후 문화교육부 차관, 드루스키닌카이 부시장, 리투아니아 지방자치단체연합
  부회장, 교육과학부 장관 등을 역임했다. 또한 리투아니아 문인클럽의 회장과
  베가 출판사 책임자를 지냈으며 주간 『문학과예술(Literatūra ir menas)』의
  편집장이자 국제문학축제 '시와 함께하는 가을' 위원회 회장으로도 왕성하게
  활동하고 있다. 2002년 리투아니아 국가문화예술상을 받았다.°

- 코르넬리우스의 작품

  시집 『말과 세월(Žodžiai ir dienos, 1980)』, 『다리 위의 집(Namai ant tilto,
  1984)』, 『바람을 유혹하는 덫(Pinklės vėjui, 1987)』, 『보트의 껍데기(Luoto
  kevalas, 1990)』, 『강을 위한 연설(Prakalbos upei, 1995)』, 『간조 지대(Atoslūgio
  juosta, 2000)』, 『고대 양피지 문서(Palimpsestai, 2004)』, 『카르스트 현상(Karstiniai
  reiškiniai, 2010)』이 있으며, 산문집 『네무나스 강 때문에 존재하다(Būstas prie
  Nemuno, 1989)』, 『그리고 우리 역시 지나치고 있다(Ir mes praeiname, 2011)』가
  있다. T.S. 엘리엇, 체스와프 미워시, 에즈라 파운드, 셰이머스 히니, 로버트
  브링허스트를 비롯한 여러 시인의 작품과 인도 브라만교의 경전 『리그베다』에
  수록된 찬가 등을 리투아니아에서 번역 출간했다. 플라텔리스 본인의 시 역시
  영어, 프랑스어, 독일어를 비롯해 20여 개국 언어로 번역 출간되었다.

    ° 여기 등장하는 코르넬리우스의 시 번역과 소개글은 2012년
  연희문학창작촌 코르넬리우스 플라텔리스 낭독회에 도움을 주셨던 비타우타스
  마그누스 대학교 아시아지역학과의 서진석 선생님 번역문을 기반으로 재구성한
  것이다.

낚시꾼 독수리

물은 슬픔을 거둬가고
공기는 희망을 거둬간다.
풀밭 작은 강바닥에는 바보 같은 나의 꿈.
새의 환영은 물 위를 따라 날아간다.
풍요와 굶주림의 시간.
물 밖으로 튀어나온 물고기들은 다른
세상으로 뛰어들어가 날개 달린 벌레들을 잡는다.
낚시꾼 독수리는
향기 나는 허공에서 그들을 낚는다. 나는 그곳으로 나간다.
바보 같은 나의 꿈, 흔들림. 파동……
먹을 것을 찾아야 하나?

―코르넬리우스

리투아니아는 1990년 소비에트 연방의 해체와
동시에 독립한 나라이다. 그들은 자신의 모국어가 있으며
모국어에 대한 자부심이 강하다. 하지만 리투아니아가
하나의 독립국가로 국제사회에서 인정을 받은 것은
1990년대 초반이다. 흔히 자매들이라 비유되는 라트비아,
에스토니아와 함께 리투아니아는 발트삼국이라고 불린다.

그중에 리투아니아의 수도 빌뉴스는 발트삼국의 문화교육적 중심지로서 빼놓을 수 없다. 나는 오래전부터 빌뉴스에 대한 막연한 동경이 있었다. 동북부 유럽의 파리라고 부를 정도로 아름다운 도시이며 예술공동체 마을 '우주피스 공화국'이 실재하는 곳이기 때문이다. 빌뉴스는 서유럽의 영향권 아래 일찍부터 많은 문화적 감수성을 수혈받았고 유대인 거주 지역이 여전히 빌뉴스의 중심을 차지할 정도로 동북부 유럽 국가 내에서 정치사회적으로 중요한 지점이다.(철학자 임마누엘 칸트가 대학을 나온 곳이기도 하다.) 특히 시내 중심부의 골동품 상점가를 지나면 나타나는 헌책방 겸 북카페인 '민트 비네투'과 '카페 드 파리'는 리투아니아 지성의 산실이라고 할 수 있는 빌뉴스 대학생들이 모여 토론과 춤과 문화를 즐기는 곳이다. 이 카페에서는 발트해 연안에서 잡아올린 싱싱한 굴을 이용한 요리가 인기 메뉴이며 만 원 정도의 가격으로 이것을 즐길 수 있다. 이곳에서 저녁을 먹은 후 빌뉴스 국립현대미술관으로 자리를 옮겨 동유럽 예술가의 모던한 설치작품이나 회화를 감상해보는 것도 빼놓아서는 안 될 것이다.

그리고 무엇보다 빌뉴스에는 우주피스 공화국이 있다. 우주피스 공화국은 리투아니아어로 '강 건너 마을'이라는 뜻으로 이곳은 유럽의 다양한 독립예술가가 자급자족하면서 사는 공동체 마을로 시작되어 나중에는 이 지역민이 독립을 선언하면서 만들어진 가상 공화국이다. 우주피스 공화국의 입구에 자리한 우주피스 카페는 이곳 방문객의 베이스캠프 같은 곳으로 매년 각종 전시, 공연으로 일정이 꽉 차 있다. 특히 이월마다 이곳에서 열리는 빌뉴스 도서전은 유명한데, 원래 우주피스 공화국은 출판 관련하여 각종 문학행사가 풍성하게 열리는 곳이기도 하다. 나는 전부터 이 우주피스 공화국에 관심이 있었다. 리투아니아 정부는 이 공화국의 독립을 인정하고, 공화국 독립기념일인 사월 초일이면 축하사절단을 보낸다. 재미있는 것은 소설가 하일지는 주한 우주피스 공화국 대사로 정식 임명받아 현재 활동 중이라는 사실. 당신도 리투아니아 빌뉴스로 가서 한 번쯤 우주피스 공화국의 시민이 되어보길 기대한다.

우주피스 공화국은 뮤지션 하림과 내가 지속해온 예술생태계 복원운동의 롤모델이기도 했다. 우주피스 공화국에 감명받은 하림과 나는 2012년부터 이른바 '도하 프로젝트'를 구상해왔다. 과거 이 땅의 주인이었던 육군 부대의 이름을 빌린 도하 프로젝트는 버려진 땅을 새로운 예술문화생태계로 정화하는 작업이었다. 한 무리의 예술가가 자본의 논리만으로 잠식된 도시를 떠나 아무도 돌아보지 않는 버려진 땅, 재개발 공사를 진행하던 가운데 삼국시대 유물이 대량으로 발굴되면서 잠시 시간이 멈추어버린 금천구 옛 도하부대 주둔지에 모여들기 시작했다. 몇몇은 황량하고 스산한 이 공간을 처음 접하고 회의를 갖기도 했지만, 사람이 살았던 곳이라 하기 민망할 정도로 지저분한 공간에 수북이 쌓인 먼지와 냉기를 치우며 우리를 밀어낸 도시에 대한 적대감을 불태우는 대신 담담히 폐허에 존재하는 쪽을 택했다.

도시의 개발 논리와 자본의 침투로 인해 예술가들은 갈수록 자신의 생태계를 위협받으며 자신만의 창작 공간에 뿌리내리지 못하고 공간 거점으로부터 밀려나고 있었다. 우주피스 공화국이 유로화의 물결 속에서 폭침을 받은 예술가들이 창작 거점에 대해 고민하면서 시작된 지역이듯 지금 한국의 대도시에 사는 예술가들 역시 그런 고민을 하고 있었다. 근근이 국가지원금에 의존하며 링거를 맞는 창작자, 작업 공간을 잃어버리고 유랑자처럼 떠도는 창작자, 자신의 새로운 작업의 설렘과 목소리를 담을 공간을 찾지 못한 채 가능성으로만 버티는 창작자로 넘쳐났다.

이들에게 진정으로 필요한 것은 무엇일까? 도하 프로젝트는 우주피스 공화국이 자본주의의 역공에 대비해 이러한 위기의식으로부터 대안을 찾고자 만들어진 하나의 문화운동적 성격을 가지고 움직였다. 생태계가 수많은 생성과 변화의 과정이 일어나는 현장이듯 예술 현장도 하나의 생태계처럼 끊임없이 생성하고 변화한다는 것에 주목한 것이다. 다양한 분야의 예술가들에게 창작 공간을 제공해줌으로써 새롭게 열린 공간 안에서 실험되고 움트는

창조의 과정을 다양한 방식으로 사람들과 공유하는
예술생태계를 추구하는 프로젝트이다. 아무도 결과 혹은
성과를 예측할 수는 없었다. 하지만 아직은 남아 있다고 믿고
싶은 예술가들의 작은 '선 의지'에 기대어 조심스럽게 실험을
시작했다. 노래하는 하림과 시를 쓰는 내가 아트디렉터가
되었고 점점 누구에게나 열려 있는 그 땅에 제 발로 걸어들어온
예술가들이 어둑어둑한 목욕탕 벽에 그림을 걸고, 숨결과
음악으로 퀴퀴하고 쌀쌀하던 공간을 데웠다. 그렇게 그 땅을
일구는 과정 속에 폐허는 자연스레 예술생태계로 거듭나고
누군가는 조금씩 스스로를 치유해나갔다.

　　금천구청의 위탁공간이자 과거에는 육군 도하부대가
썼던 폐허의 생태계를 적극 활용하여 이곳을 거점으로
어디에서도 볼 수 없었던 예술가의 새로운 창작과 감수성,
열정의 가능성을 실험하고자 했다. 내부 공간은 과거 부대의
시설이었던 텅 빈 대중목욕탕을 주 전시장으로 쓰고 그
옆에 사무공간과 탕비실을 만들었다. 우주피스 공화국의
도시설계에서 착안해 우리는 외부공간인 마당을 야외무대와
설치를 소화할 수 있는 공간으로 배려했고 부대 주변의
다양한 생태 공간의 활용 가능성을 열어놓았다. 찾아온
예술가들은 스스로 빈 초소들, 호수, 잡목 숲, 교각, 연병장,
빈집, 그래피티가 가능한 벽을 찾아 스스로 자신의 작업을
만들어가기 시작했다. '예술가들의 밭'은 도하 목욕탕캠프

바깥의 마당인데 이곳에선 수시로 공연이 이루어졌고 참여
예술가와 창작집단이 능동적으로 공간을 활용, 확장해가는
방식으로 움직였다. 우주피스 공화국에서 영감을 받은 우리가
우리만의 방식으로 도하 프로젝트로 출발하여 주변의 생태계적
공간을 적극 활용하는 창조성까지 기대했는데 그것이 적중한
것이다. 전시, 설치, 공연, 시각 작업, 포럼 등을 구성원
스스로가 진행해갔다.

　　　리투아니아 빌뉴스의 우주피스 공화국에 머무는 동안
나는 그동안 꾸려오던 내 창작작업과 한국에서 진행되고
있는 도하 프로젝트를 생각하곤 했다. 시월의 공기는 차갑고
매서웠다. 나뭇잎에 매달린 물방울은 얼음으로 가득 차 있는
듯 빛났다. 집시는 무언가 중얼거리며 거리를 걷고 있었다.
가끔 그들과 시선이 마주치면 눈인사를 나누고 나도 계속
걸었다. 우주피스 공화국의 낭독회와 컨퍼런스를 마치고
나니 밤이 금방 찾아왔다. 모국어를 사랑하고 시를 사랑하고
예술공동체가 살아 숨쉬는 이 도시 빌뉴스는 내가 부풀고 싶은
마음이 모두 모여 있는 곳이었다. 조금 색다른 유럽의 가을을
경험해보고 싶은 사람이라면 평온한 공기와 시의 뜨거운
노스탤지어가 남아 있는 리투아니아에 가볼 것을 권하고 싶다.

미국: 플로리다 주, 키웨스트 섬

모순의 라임꽃 만발한
헤밍웨이의 집

—

심윤경

수십 마리 고양이가 소리 없이 거니는
화사한 라틴 풍 저택에서
그는 죽음을 써내려갔다
고양이가 불어나듯 삶이 불어나고
애도 또한 불어나는 것

상당히 나이를 먹고서야 깨달았으니 나는 여행을 즐기지 않는다. 이제야 이 말을 자연스럽게 할 수 있게 되었다. 예전엔 나 자신이 이해되지 않았고 심지어 죄책감까지 느꼈다.

여행에 대한 기대와 흥분보다 더욱 강했던 것은 부담스러움이었다. 촘촘한 스케줄의 부담, 낯선 시공간의 부담, 외국어의 부담, 어디에 갈지 무얼 먹을지 선택의 부담. 돌이켜보면 나는 여행에서마저도 '정답'을 찾아야 한다는 압박에 시달렸던게 아닌가 싶다. 무엇을 보아야 하나, 무엇을 느껴야 하나, 내가 지금 보고 있는 것이 최선의 선택이 맞나, 여기 말고 다른 곳에 갔어야 하는 게 아닌가. 정답이 존재하지 않는 질문을 놓고 참으로 의미 없는 주판알 위에서 내내 동동거리다 돌아오기 일쑤였으니 내 경우야말로 청소년기 경직된 교육의 영향이 평생을 지배하는 부정적 실례가 아닐 수 없다.

여행의 자유와 해방감이란 머나먼 남의 이야기인 채로, 인천공항을 떠나는 순간부터 불안에 시달리기 시작해 다시 인천공항에 돌아오고 나서야 남몰래 안도의 한숨을 내쉬다가, 내가 남과는 다른 방식으로 즐기는 여행의 일면을 발견하는 축복된 순간이 찾아왔다. 하와이에 갔을 때였다. 화산 분화구를 보러가는 길에 검은 모래가 유명하다는 해변에 잠깐 들렀는데, 바다거북 무리가 올라온 거였다.

짐작하듯이, 바다거북이라는 짐승이 재주가 많은 편은

아니다. 녀석들은 그저 바닷물 속에서 솥뚜껑처럼 일렁이다가
엉금엉금 기어올라와 모래사장에 엎어져 있었을 뿐이었다.
따뜻한 햇살에 만족한다는 듯 눈을 가늘게 뜨고 꼼짝도 하지
않았다. 먹을 게 붙어 있는 것 같지도 않은 갯바위를 열심히
훑기도 했다. 그랬을 뿐이었는데 나는 이리 뛰고 저리 뛰고
정신없이 꺅꺅거리면서 신바람이 났다. 정신을 차리고 보니
깜짝 놀랄 만큼 시간이 흘러 있었다. 결국 그날 나는 화산
분화구에 가지 못했다. 시뻘건 용암이 바다로 직접 뚝뚝
떨어진다는 장관을 놓친 것이었지만 후회스러운 기분은 전혀
아니었다. 후회스럽기는커녕 이제야 여행의 참맛을 알았다는
뿌듯한 느낌이 들었다.

　　내가 모든 불안과 계산속을 떨치고 여행이 주는 순수한
기쁨에 온전히 몸을 내맡기는 순간이 있으니, 바로 여행지에서
야생동물을 만날 때이다. 숲 속의 회색곰, 암벽의 산양,
바다에서 뛰어오르는 고래를 만나는 순간의 흥분과 설렘이란!
나에게 야생동물이란 내가 살아가는 행성과 그곳에서 기원한
생명체들의 아름다움을 응축한 어떤 절대적 아이콘과도 같은
것이다. 일상생활 속에서 인간 아닌 생명체를 접하기가 몹시
힘들어진 오늘의 형편에서, 바람같이 스쳐가는 그들의 존재는
그 어떤 장엄한 인문지리적 기념물과도 비교할 수 없이 가치
있게 여겨졌다. 그러므로 그들과 시간을 보내느라 샤자한이
직접 참석하는 타지마할 준공식을 놓쳤다 하더라도 나는 크게

아쉬워하지 않았을 것이다.

그런 의미에서 나의 플로리다 여행은 뜻하지 않은
기쁨이 내내 충만한 여정이었다. 아이를 위해 올랜도의 유명한
놀이공원 몇 군데를 섭렵한 뒤 미국 최남단인 키웨스트를 찍고
돌아올 계획이었는데, 사실 부모된 성스러운 마음으로 떠난
길이었지 내 마음을 끌어당기는 일정은 아니었다. 아이는
좋아했지만 올랜도의 놀이공원에서 이틀을 보내고 나니까
체력도, 의지력도 바닥으로 뚝 떨어져 플로리다에서 보낼 남은
며칠의 일정이 맷돌처럼 무겁게만 느껴졌다.

다행스럽게도 플로리다는 듣던 대로 매력적인
관광지였다. 플로리다 반도 남단에 이르러 마이애미에
가까워지자 한겨울에도 야자수잎이 한들거리는 아열대기후가
뚜렷해졌다. 올랜도와 마이애미의 유명한 여러 관광지를
거쳐 키웨스트 섬으로 향하는 해상 고속도로는 그 자체로
유명한 관광 포인트이다. 섬과 섬을 연결한 270킬로미터의
고속도로는 오래된 수영장처럼 다소 촌스러운 파란색 페인트를
칠해놨는데, 대양 속으로 빠져들듯 달리는 분위기와 퍽 잘
어울린다. 그 길의 끝에 미국 땅의 최남단, 키웨스트 섬이 있다.

키웨스트의 첫인상은 딱, 삼청동이었다. 아기자기한
카페와 기념품가게가 거리를 따라 오밀조밀 늘어선 예쁜 마을.
미국의 송년행사에 빠지지 않고 등장하는 새해맞이 명소이기도

하다. 20세기 초반의 운치를 전하는 라틴풍 건물들이 눈을
즐겁게 했다. 우리는 서울로 치면 명동이나 다름없다는 맬로리
광장 카페의 바닷가 테라스에 자리를 잡았다. 유명하다는
모히토는 실망스러웠고 바닷바람은 반팔을 입기에 다소
서늘했는데, 갑자기 하늘에서 겨울 점퍼를 둘둘 뭉친 것 같은
덩어리가 우리 곁에 툭 떨어졌다. 엉덩방아를 찧은 거 아닌가
싶은, 펠리컨의 볼품없는 착지였다.

    녀석은 광장의 인파가 하나도 신경쓰이지 않는다는
듯 어정어정 몇 발짝 걷더니 제 나름 편한 자리를 잡아 털썩
주저앉았다. 사람들이 사진을 찍든 말든 신경을 쓰지 않고,
손을 내밀어 만지려고 하면 그건 싫다고 옆으로 좀 비켰다.
코가 맞닿을 만큼 가까이에서 관찰한 결과, 새치고는 꽤 큰
덩치에 멍해 보이는 눈길이 백치미를 풀풀 풍겼다. 하지만
그건 앉아 있을 때 이야기이고, 일단 날개를 펼쳐 날아오르면
갑자기 역동적인 사냥꾼으로 변신한다. 날개를 거의 움직이지
않으면서 바다 위를 스치듯 미끄러져 날아가는 모습이 가슴
뛰도록 멋있었다.

    펠리컨의 활강으로 모히토의 섭섭함을 보충하고,
우리는 헤밍웨이의 집으로 향했다. 화이트헤드 거리에 위치한
헤밍웨이 하우스는 헤밍웨이가 삼십대에 두 번째 아내 폴린
파이퍼와 정착해 십여 년간 가장 왕성한 창작기를 보냈던
곳이다. 그는 이곳에서 『무기여 잘 있거라』와 「킬리만자로의

눈」을 비롯한 최전성기 작품들을 발표하고, 십 년 뒤 세 번째 아내를 맞이해 쿠바로 이주했다.

사철 피는 아열대 꽃과 종려나무로 둘러싸인 화사한 라틴 풍 저택은 왠지 턱수염 수북한 헤밍웨이의 야성적 이미지와 쉽게 연결되지 않았다. 『노인과 바다』를 떠올리게 하는 청새치 모형과 사슴 머리로 장식된 멋진 집필실이나 아름다운 정원은 과연 훌륭했지만 솔직히 말하자면 헤밍웨이 하우스를 오늘과 같은 명소로 만든 것은 저택도, 헤밍웨이도, 청새치도 아니었다. 바로 저택 안팎을 느긋하게 어슬렁거리는 수십 마리의 고양이 무리였다.

헤밍웨이는 젊은 시절 파리에 머물 당시만 해도 파리지앵이 고양이를 물고 빨고 달콤한 디저트까지 나눠먹는 꼬락서니를 도무지 이해 못 하겠다고 투덜거리던 사람이었으나 키웨스트에 정착하면서 열광적인 애묘인으로 거듭났다. 키웨스트 뱃사람들이 행운의 표시로 여기던 여섯 발가락 고양이 '백설공주'를 선물받은 뒤 그는 고양이의 매력에 흠뻑 빠지다 못해 아예 자기 집을 고양이의 천국으로 만들었다.

오늘날 키웨스트의 헤밍웨이 하우스를 그토록 유명하게 한 수십 마리의 고양이는 모두 백설공주의 후손이다. 녀석들은 모두 철저한 영양 공급과 건강 관리를 받고 관광객의 넘치는 사랑을 받아 한없이 우아하고 당당하다. 담장에도, 화분에도 한가롭게 축축 늘어져 있는 고양이들은 사람에게 낯을 가리지 않고 손을 내밀면 사랑스러운 몸짓으로 부비댄다.

　사실 헤밍웨이 하우스는 건축물 자체를 제외하면 모두
헤밍웨이와 별 관계가 없다. 헤밍웨이가 이혼하고 키웨스트를
떠난 후 그 집을 인수한 다음 주인이 관광지로 꾸몄을 뿐이다.
가구와 집기도 모두 새 주인이 구색 맞춰 사놓은 것이고
헤밍웨이가 살던 시절에는 식수가 몹시 부족했기 때문에
정원도 별다르게 가꿀 수 없었다고 한다. 절반 넘게 가짜인
헤밍웨이 하우스에서 진짜 헤밍웨이의 숨결을 느낄 수 있게
하는 것은 역시 고양이들이다. 턱수염과 가슴털로 중무장하고
사냥과 투우와 전쟁에 몰입하며 머리끝부터 발끝까지 상남자의
풍모를 고수했던 헤밍웨이 내면의 섬세하고 여성적인 면모를
보여주는 저 우아한 증인들 말이다.

　　그는 꽃처럼 미남
　　계집애 같다는 소리 듣기 싫어서
　　이십대가 지나기도 전에 콧수염을 기른 사내
　　콧수염 덕분에 사십대만큼 노숙해 보였다

　　그의 두 번째 아내는 재력가의 딸
　　처가에서는 작가 사위가 흡족했다.
　　"자네에게 집을 사주겠네"

사슴 잡고 곰 잡던 엽총을 내려놓고
새신랑이 고른 땅은
꽃과 태양의 주, 플로리다
열도에서도 가장 남쪽,
키웨스트 섬

동부 해안 남쪽 섬인데
이름은 키웨스트(Key West)
모순의 라임꽃 만발한
헤밍웨이의 집

두툼한 가슴, 우람한 팔뚝으로
청새치를 낚아 돌아올 때면
아프리카 고릴라처럼 호탕하게 큰소리를 쳤지만

수십 마리 고양이가 소리 없이 거니는
화사한 라틴 풍 저택에서
그는 죽음을 써내려갔다
고양이가 불어나듯 삶이 불어나고
애도 또한 불어나는 것

인류의 고단한 생을 위한

모히토 한 잔의 건배

그 곁에는

라임꽃을 뒤지는 벌새와 소리 없는 고양이와

개처럼 작은 섬 사슴 그리고

청새치와 펠리컨

플로리다 여행의 마무리는 에버글레이즈 국립공원이
제격이다. 넓기로 소문난 미국 국립공원 중에서도 넘버
쓰리, 서울 면적의 열 배에 달하는 이루 말할 수 없이 거대한
공원이다. 우리 가족은 장애인과 노약자 비율이 유난히 높은
특성이 있어서 과연 이렇게 거대한 대자연에 도전할 수 있을지
우려가 만발이었지만 이 멀고 먼 플로리다까지 와서 코앞의
국립공원을 그냥 지나치기는 너무 아쉽다는 일념 하나로
무작정 에버글레이즈로 향했다.

우리가 이곳에서 무엇을 보게 될지 사전 정보가 별로
없는 상태로 갔는데, 좀전까지 야자수잎 한들거리던 화려한
관광도시가 사라지고 머리 위 360도를 둘러보아도 하늘뿐인
열대 사바나 대평원의 풍광이 펼쳐진다. 경기도만큼 넓은 땅
전체가 완벽하게 밋밋한 평면이다. 최고 해발고도가 1미터를
넘지 않는다고 한다. 갑자기 청력이 사라진 것처럼 사방이
고요한데 머리 위를 새까맣게 뒤덮고 무리 지어 날아다니는

새들은 까마귀 떼가 아니라 독수리 떼이다. 천연기념물
독수리가 이렇게 흔해서야 되겠는가. 독수리의 명예가
걱정스러울 지경인데 공원 주차장에 들어서니 아예 독수리들이
추리닝 입은 동네 건달처럼 어정어정 걸어다니고 있었다.

　　국립공원 입구에서 가장 가까운 곳에 위치한 체험
코스는 아닝가트레일이다. 왠지 우리말처럼 친숙하게 들리는
아닝가는 플로리다에 서식하는 가마우지 과(科)에 속하는 새의
이름이다. 독수리와 다정하게 발맞추어 걷는 색다른 경험을
하며 공원에 들어서니 유모차도, 휠체어도 문제없이 쉽게 갈
수 있는 널찍한 아스팔트 길과 나무데크 길이 습지를 이리저리
가로지르고 있고 저녁 산책 나온 듯 보이는 한가로운 가족 단위
여행객이 편안한 산책을 즐기고 있었다. 눈에 보이는 풍경은
일산 호수공원과 퍽 비슷해 보였다. 눈앞에 펼쳐진 드넓은
호수에 악어가 우글우글하다는 점을 빼면 말이다.

　　에버글레이즈 깊숙이 들어가면 배를 타고 습지를
누비는 탐사 보트 체험이 인기이다. 투명한 배 밑바닥으로
악어가 지나가고 수풀 속에 숨은 새들의 서식지에 다가가는
짜릿함이 일품이라고 한다. 그리고 핑크빛 깃털로 장식하고
아름다운 춤을 춘다는 새, 플라밍고를 볼 수 있다면 금상첨화일
것이다. 하지만 우리처럼 촉박한 일정에 쫓기는 관광객은
에버글레이즈의 깊숙한 곳까지 들어갈 여유가 없었다.
발밑에서 거칠게 꼬리를 내두르는 악어를 보면서 오싹한

기분을 즐기는 것만으로도 우리 가족에게는 충분했다.

에버글레이즈는 그런 곳이었다. 일산 호수공원처럼 평평하게 잘 닦인 나무데크 길을 산책하듯 걷다 보면 제 몸값 귀한 줄도 모르고 채신없이 막 나와 돌아다니는 천연기념물 가마우지, 독수리, 악어를 동네 백수 보듯 만나게 되는 곳. 야생동물이 어쩌나 흔하게 들끓는지 공원 관계자가 먹이를 주어 키우는 게 아닐까 하는 의심이 들 지경이었지만, 그들은 엄연히 자연 생태계의 일부분이다.

플로리다의 야생동물은 미국인처럼 잘 먹어 살집이 투실투실하고 당최 경계라는 걸 할 줄 모른다. 사람이 동물을 구경하는지 동물이 사람을 구경하는지 모를 만큼 천연덕스럽고 느긋하다. 새들이란 당연히 천 리 밖에서 망원경을 통해 보는 것인 줄 알았는데 그쪽 부리와 내 코가 닿지 않게 내 쪽에서 조심해야 할 지경이었다. 진흙밭을 기어갈 필요도, 암벽을 오를 필요도 없다. 그저 차에서 내리기만 하면 악어와 펠리컨과 독수리가 있다. 마음껏 즐기기만 하면 된다.

사람이 여행을 즐기는 방법에는 여러 가지가 있을 텐데, 나는 그곳에서 만난 동물로 여행의 추억을 간직한다. 아무것도 기대하지 않았는데 믿을 수 없이 풍요로운 여행이었다.

플로리다에 다녀온 뒤 날짜 지난 샤자한의 초대장을 발견했더라도, 나는 후회하지 않았을 것이다.

모순의 라임꽃 만발한 헤밍웨이의 집

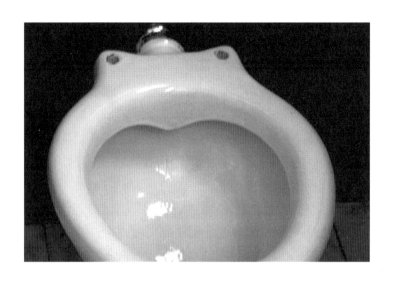

여행의 기본은
역시 싸는 일!

—

김민정

해석할 수 없어
더 글자 같던 활자들을 밀어내고
대신 행간 사이사이를
내 안에서 새로이 빚어져 나오는 말로
채워나가는 묘한 경험,
그렇게 나는 단숨에 시 한 편을 썼다.

서른한 살에서 서른두 살로 넘어가던 그해 겨울, 나는 스페인 여행길에 올랐다. 두려움보다는 설렘이 더 컸던지라 경유지인 프랑크푸르트행 루프트한자 비행기 안에서 나는 연신 맥주와 와인을 홀짝여댔다. 스페인에 관해 시중에 나와 있는 웬만한 책은 거의 다 사보고 스크랩해서 파일에 넣어왔지만 발밑에 놓아둔 가방에서 그거 하나 꺼내볼 정신이 없었다. 작작 좀 마셔라, 아주 본전을 뽑는구나, 뽑아. 일행 중 한 사람이 홀짝홀짝 잔을 비우는 나를 보며 웃어댔다. 내비둬, 내가 낸 항공료가 얼만데 이거라도 축내야 본전치기지. 그러나 욕심은 언제나 화를 불러일으키는 마음인바, 결국 나는 프랑크푸르트 공항 대기실에서 일행 중 한 사람이 챙겨온 수지침 바늘에 열 손가락을 차례차례 찔러대고 있었다. 열 개의 핏방울을 한 방울씩 차례로 닦아내고 있음에도 탈이 난 속은 좀처럼 가라앉질 않았다. 취하고 체한 데는 원래 약도 없다 그랬어. 혀를 차는 일행들 사이에서 나는 괜찮은 척 다 나은 척 쓰디쓴 억지웃음을 지어보였다. 아무래도 독일과는 내가 상극인 것 같아, 이놈의 나라에 내가 다신 오나봐라. 애꿎은 비행기만 탓하다가 공항 검색대에 섰는데 내 여권과 내 얼굴과 내 몸과 내 가방이 통과되기 직전 한 직원이 손을 까딱하더니 내게 자신을 따라오라고 이끄는 것이었다. 속이 불편해 양미간에 굵은 줄이 가도록 인상을 쓴 게 다였는데 뭐가 문제라는 거람. 나는 그가 시키는 대로 검색대 옆쪽에 위치한 외딴 공간 안에 들어섰다. 거기 검은 의자가 하나 놓여 있었다. Sit down. Why?
Sit down, Please! 삼나무처럼 키가 그고 단단한 체구에 단정한
양복을 입은 독일 남자의 눈빛에 주눅이 든 나는 조심스레
의자에 가 앉았다. Please take off your boots on the head. 뭐?
부츠? 에이 씨발 부츠는 왜 벗어 털라는 거야? 나는 그를 빤히
노려봤다. Please take off your boots on the head. 그는 다시 한
번 낮고 굵은 어조로 내게 말했다. 뭐야, 이 터미네이터 같은
새끼는. 그나저나 이게 무슨 개망신이람. 그래봤자 이 나라는
내 나라가 아니니 더는 버티지 못한 채 나는 그가 시키는 대로
왼발 오른발 차례로 부츠를 벗고 차례차례 머리 위로 털어댔다.
나올 거라곤 어쩌다 내 발에 딸려들어간 모래알갱이와
먼지밖에 더 있겠어. 부츠 밖으로 드러난 양말 속 내 발가락이
긴장과 추위에 연신 꼬물거리고 있었다. 너를 북한에서 온
테러범으로 봤을 수 있어. 나를 위로한답시고 일행 중 한
사람이 말했다. 그래? 테러리스트라. 그런데 왠지 그 말이 뭔가
있어 보이는 까닭은 또 뭐람. 시란 사람이 손댈 수 없는 것이
있다는 그런 감각에서 생겨난다는 포스터의 말이 테러리스트란
임무를 띤 이에게도 흡사 적용이 되는 듯했다. 따지고 보면
시인보다 테러리스트가 더 불꽃이지. 반짝, 하는 그 찰나의
불빛. 그렇게 한밤의 어둠 속 드문드문 반짝거리는 불빛으로
인사를 건네는 바르셀로나와 첫 대면을 했다. 도착하자마자
화장실부터 찾았다. 그리고 참았던 구토를 신나게 해댔다. 똥은

마렵지 않았다. 똥을 한 바가지 싸고 시작해야 이번 여행이
순조로울 텐데…… 근거 없는 나만의 미신으로 변기에 물을
내리며 크게 한숨을 내쉬었다. 오늘이 벌써 며칠째지, 한 사오
일은 된 것 같은데. 이 똥이란 것이 스페인 여행 내내 나의
발목을 붙잡을 거란 예상을 못한 건 아니었으나 숙취와 체기로
나를 걱정하던 일행에게는 미리 말할 수 없는 메스꺼움이었다.

　　여기도 가우디, 저기도 가우디, 온통 가우디 만세인 도시
바르셀로나에서 아침부터 저녁까지 지칠 대로 걷고 지칠 대로
보고 지칠 대로 먹는 고된 여행이 시작됐다. 너 속 괜찮아?
카페에 들어서서 에스프레소를 주문할 때, 패스트푸드점에
가서 햄버거를 시킬 때, 식당에서 빠에야를 고를 때, 쇼핑에
미친 그들이 옷을 입었다 벗었다 구두를 신었다 벗었다 할 때,
일행들은 근심 어린 말투로 나의 탈난 속을 걱정하곤 했다.
걱정 마, 견딜 만해. 밤이면 채 만 원도 되지 않는 와인을
부어라 마셔라 따고 비워가며 이 낯선 도시에서의 겨울밤을
추억해나갔다. 청바지 지퍼를 올리다가 채워지지는 않고 자꾸
벌어지는 그 구멍에 신경질이 날 만큼 딱딱하게 튀어나온
아랫배는 점점 불러갔다. 주야장천 고무줄 허리띠로 된
레깅스를 입었던 건 그러니까 한겨울에 멋을 내다 얼어 죽어도
되겠다는 멋부림이 아니라 숨을 편히 내쉬고자 하는 내 나름의
방편이기도 했던 것이다.

1905년부터 약 삼 년간 가우디의 지시 아래 전면 보수되었다는 까사 바뜨오를 찾았다. 가우디는 집을 가지고 이리 주물 저리 주물 온갖 예술놀이를 하고 있었다. 물씬 풍기는 돈 냄새로 내 집이었으면 하는 부러움과 정감은 전혀 들지 않았지만 그로부터 백 년을 훌쩍 넘긴 지금에도 여전히 이 집의 아름다움에 경배하게 되는 걸 보면 가우디의 천재성을 확인하는 어떤 증거물의 하나임은 분명해 보였다. 특히 내 눈에 꽂힌 건 변기였다. 엉덩이가 닿는 부분을 사과 모양으로 유연하게 오려낸 곡선도 놀라웠지만, 그 위에 앉아 볼일을 보며 천정을 향해 고개를 쳐들었을 때 치켜뜬 눈처럼 내리비쳤을 조명의 디테일 또한 놀라웠다. 한 세기 너머 변기라니 가만, 1905년이면 조선으로 불리던 우리나라가 을사조약을 체결한 그해 아닌가. 상투 틀고 쪽을 지고 버선발에 짚신을 신던 우리가 방 안에 놓인 요강에 앉아 오줌똥을 쌀 때 그들은 지금처럼 변기에 앉아 창 너머로 변해가는 계절을 음미했다는 얘기다. 나는 요강에서 일을 본 기억이 없다. 다만 지금에 와서 흔해빠진 세라믹 변기보다 골동품으로 반질반질 닦여 거래되는 놋요강의 값이 비교할 수 없이 비싸다는 것만은 안다. 아이고, 배야. 또다시 살살 배가 아파왔다. 그 배인지 그 배가 아닌 다른 배인지는 구분할 수 없는 노릇이었지만 말이다.

한국에서든 일본에서든 중국에서든 아랍에미리트에서든

나는 백화점보다는 시장에서 물건 사기를 즐겨하는 편인데,
스페인에서도 예외는 아니었다. 바르셀로나의 람브라스
거리 중간쯤에 위치한 보케리아 재래시장에서 과일을
샀고, 가게마다 매달려 있는 하몽의 다양한 생김새를
구경했으며, 와인 안주로 곁들일 치즈 가게에서 트렁크에
몽땅 채워가고 싶은 온갖 종류의 치즈를 맛봤다. 우리네
시장처럼 바르셀로나에서 만난 시장의 사람들은 부지런했고,
적극적이었으며, 잘 웃었고, 따뜻했으며, 한 덩어리의 포도를
더 잡수쇼, 하고 봉투에 넣어주는 덤의 문화를 오랜 전통으로
알았다. 한 나라의 시장에 가면 그 나라의 사람이 읽히고 그
나라의 문화를 배울 수 있다. 무엇보다 간판을 읽는 재미,
물건을 팔고 돈을 벌기 위해 몇날 며칠의 몇 곱은 고민했을 그
이름들을 보며 저마다 전력을 다해 살아보겠다는 의지에서
삶의 숭고미를 또한 재확인할 수가 있다. 그들 사이사이
치열하게 부딪치고 튀고 번지는 상상력의 무한대를 내 촉이
잡아내고 내 안에 저장하려고 할 때 우리가 왜 사는 곳을 떠나
낯선 곳을 떠돌아야 하는지 여행의 정당성을 내세워볼 수 있는
것이다. 북적이는 시장이어서, 밤늦도록 환한 조명이어서,
천천히 오래오래 시장 곳곳을 둘러보며 컬러풀한 색색의
가게와 무한 애정에 빠졌다. 내가 가는 우리 시장의 컬러는
짠 것도 아닌데 왜 그렇게 하나같이 무채색일까. 제사 음식을
파는 점포에서 늘 사곤 하는 알록달록한 분홍빛 옥춘을 빼면

우리의 시장은 왠지 밤과 낮처럼 흑과 백 같은 느낌이다. 연안부두 어시장만 예로 들어봐도 안다. 덕적상회, 대구상회, 제주상회, 안성상회, 강화상회…… 간판마다 지역을 내건 채 왜들 그렇게 튀지 않기 위해 무난하게 부를 편안한 이름으로 제 가게를 눌러놓았을까. 아마도 우리가 받아온 문화 세례의 한계이겠지. 다르면 이상한 것, 이상하면 불편한 것, 불편하면 불안한 것, 불안하면 초조한 것, 초조하면 틀린 것, 결국 그래서 다 같아져버리고 마는 것. 내가 만일 생선가게 사장이었다면 이름을 뭐라 지었을까. 음, '코 베기'는 어떨까. 언젠가 양평의 닥터박갤러리에서 그림을 보고 나왔을 때 한 과일 가게 앞에 시선이 머문 적이 있다. 간판에 이렇게 쓰여 있었다. '벌레 먹은 과일'. 약을 치지 않고 유기농으로 키웠다는 의미에서 지은 이름일 텐데, 어감은 찝찝해도 왠지 믿음이 갔다. 몇 년이 지나서도 이렇게 또렷하게 기억할 수 있는 이름의 힘이라니.

그러나저러나 하루하루 내 얼굴은 누렇게 떠가고 있었다. 누룩 같았다고나 할까. 내 거북한 배 속도 문제였지만 음식을 앞에 두고 나보다 더 걱정스러운 표정으로 내 속을 달래는 일행의 착한 마음 씀씀이에 억지웃음을 지어 보이는 일이 여간 고충인 게 아니었다. 실은 나 일주일째야. 뭐가? 화장실 못 간 거. 바르셀로나에서 마드리드로 이동한 이후에야 내가 말했다. 헤밍웨이가 앉았다 간 식당이 무슨 소용이고

피카소가 즐겨 먹던 음식이 무슨 대수이랴. 과연 그 상태로
어떻게 계속 음식을 먹어댔는지 이해할 수가 없다고 고개를
절레절레하던 일행 앞에서 결국 나는 배를 움켜쥔 채 쓰러지고
말았다. 침대에 누워 비상약 몇 알을 삼켰지만 구토와 현기증은
멈출 줄을 몰랐다. 내가 정신을 바짝 차려야 해, 누가 내 속을
알겠어, 자, 자, 똥을 싸야 너는 죽지 않고 산다! 다짐을 한
채 호텔 밖으로 나와 간호사인 막내 동생에게 전화를 걸었다.
막내야, 관장약이 영어로 뭐야? 언니, 뜬금없이 그게 무슨
소리야? 빨랑, 나 배 아파서 죽겠어. 에네마(enema)라고 하면
아마 알 거야. 근데 거기까지 가서 똥 못 싸고 있는 거야? 일단
좀 끊어봐. 초록색 작은 십자가 모양의 불빛으로 약국임을
알리는 가게를 찾아 들어갔다. 흰 가운을 입은 젊은 여자 약사
둘이 친근한 미소로 나를 맞아주었다. I want to enema. 불쑥
튀어나간 내 짧은 영어가 그랬다. 그들은 서로 마주보며 고개를
갸우뚱하더니 English no no, 두 손을 겹쳐 엑스 모양까지
만들어내는 것이 아닌가. 나나 너희나 영어는 영 젬병이구나.
무엇보다 얘들한테는 무적함대 같은 스페인어가 있지. 어쩔
수 없었다. 죽기 아니면 똥 싸기려니. 그리하여 나는 그 즉시
똥을 누는 폼새로다가 쭈그려 앉아 두 번째 손가락으로
항문을 푹푹 쩌르는 연기를 해보일 수밖에 없었다. 우와,
딱 거기까지였는데 그 둘의 얼굴에 환한 미소가 번지면서
알아먹었다는 듯 자신 있게 약이 든 상자를 건네주었다. 우리의

관장약과 달리 그네들의 그것은 주둥이가 길고 사이즈 또한 훨씬 컸다. 성공을 바란다는 의미에서인지 그네들은 나란히 엄지손가락을 치켜세웠다. 그러나 물을 내리기 직전 변기 속을 들여다본 나는 적잖이 실망하고 말았다. 우리의 성광제약에서 나온 삼백 원짜리 관장약에 비해 스무 배는 더 비싼 그네들의 관장약에 효능이라 할 것이 없었던 거다. 뭐야, 이게 다야? 아, 똥꼬야. 젠장, 돈만 버렸네. 스페인, 디자인 강국이라는 너희는 역시 기능보다 간지구나. 찔러넣지 않았을 때보다야 찔러넣고 난 다음이 어떻게든 시원은 했다만 개운치 않은 더부룩한 배 속은 여전했다. 어딜 가나 똥 똥 거려야 했던 나 자신을 더럽게 여겨주지 않은 것만으로도 일행에게 고마웠다. 간간 길거리에서 파는 튀긴 한치 다리를 사서 그들에게 한 봉지씩 안겨줬던 것은 나름 고마움의 표시임을 다행히 그들은 눈치껏 아는 듯도 했다.

줄에 줄을 섰다 들어간 프라도 미술관에서 나는 하나의 콩깍지가 벗겨져 다른 사람에게 씌는 묘한 경험을 했다. 피카소의 팬이던 나는 그곳에서 만난 세비야 사람 벨라스케스의 그림 앞에서 그에 비하자면 피카소가 얼마나 잔챙이인지를 여실히 확인할 수 있었던 것이다. 피카소가 평생 자만에 빠지지 않고 일생 붓을 놓지 않았던 데는 어떻게 해도 따라잡을 수 없는 화가 벨라스케스의 어떤 타고남이

있음이 분명했다. 화집이 아닌 실물로 본 벨라스케스의 그림
앞에서 나는 빌려다놓은 마네킹처럼 우뚝 서 있었다. 아무리
좋다 말로 떠들어봤자 설명할 수 없는 무게이니 닥치고
그냥 그림이나 봐 하는 압도였다. 우리에게는 칠 년간의
임진왜란을 겪은 직후인 1599년에 태어난 벨라스케스,
우리에게는 일본으로 신사유람단을 파견했던 1881년에
태어난 피카소. 282년의 간극을 두고 피카소는 겉으로 내가
최고다, 자신만만해했는지는 모르겠지만 속으로는 참을 수
없는 질투와 짜증에 슬프기도 했을 것이다. 어쨌거나 우리는
다 선대의 천재가 마무리한 예술에 변주나 한답시고 변죽이나
울리고 있는 거 아닌가. 벨라스케스의 〈시녀들〉로 디자인이 된
손목시계를 하나 사서 찼다. 벨라스케스의 그림으로 채워진
달력을 사고 엽서를 샀다. 누군가에게 써주기 위해서가
아니라 내가 내게 엽서를 쓰기 위해 처음으로 산 엽서였다.
야외 카페에서 일행과 함께 눈가심과 입가심의 에스프레소를
마셨다. 저마다 근질근질 좋아서 안달인 화가가 제각각 달랐다.
히에로니무스 보스, 엘 그레코, 티치아노, 고야, 수르바란,
뒤러, 푸생 등 여러 이름이 쉴 틈 없이 쏟아졌다. 이 사람은
이래서 좋고 저 사람은 저래서 좋고 저마다 각기 다른 좋음을
자유롭게 이야기할 수는 데서 오는 아이다운 천진함과
발랄함이 아마도 우리 예술의 근원이 되어주고 있는 걸 테다.
나는 수르바란의 양이 그려진 엽서에 몇 자 편지를 적어나갔다.

내 글보다는 양에 집중했으면 하는 데서 딱 한 줄의 글을
남겼다. 다시 올 때는 네가 함께이기를.

  그라나다에 오자마자 플라멩코 공연을 보러 갔다.
호텔에서 마련한 버스 한 대에 들어찬 인종이 퍽 다양했다.
늦고 깊은 밤 '로시오의 동굴(Cueva de la Rocio)'이라는 흰 굴
같은 집 안으로 들어서니 빛바랜 흑백사진이 동굴 벽면을
빈틈없이 채우고 있었다. 집안 대대로 플라멩코를 춰왔다는
역사를 증명이라도 하듯 사진 속에는 온통 화려한 옷을 입고
춤을 추는 남자와 여자로 가득했다. 무대 양옆으로 관객을
위한 의자가 줄을 이어 놓여 있었고, 그 사이로 겹겹의 프릴과
원색의 물방울무늬를 수놓은 화려한 의상을 입은 무희가 줄을
섰다. 그들은 어리지 않았고, 그들은 마르지 않았으며, 그들은
좀처럼 웃지 않았다. 오히려 너무도 진지한 표정으로 기타
반주가 절정에 오르고 내딛는 구둣발 속도가 격렬해질수록
잔뜩 화가 난 사람처럼 관자놀이에 굵은 핏줄을 진하게
세웠다. 아따, 궁둥이 좀 보게. 일행 중 한 사람이 미처 삼키지
못한 말을 툭 내뱉었다. 역시 유럽 여자는 궁둥이야, 정말
크고 실하고만. 너 사진기 꺼낸 김에 저 여자들 궁둥이만 좀
찍어서 나 주라. 손을 뻗으면 그네들의 엉덩이에 닿을 만큼
가까운 거리에서 나는 말 잘 듣는 후배 노릇을 한답시고 쉴 틈
없이 셔터를 눌러댔다. 흔들릴 때마다 한 잔이 아니라 흔들릴

때마다 궁둥이였다. 공연이 막바지에 이를 무렵 흥에 취한 관객이 박수로 앙코르 박수를 유도하자 무희 한 사람이 나를 향해 성큼성큼 다가왔다. 함께 플라멩코를 추자는 의미에서의 제스처에 내가 지목이 된 것이었다. 일순 관객들의 시선이 내게로 와 꽂혔다. 야, 얼른 나가. 아, 몰라, 내가 어딜 나가. 일행들의 독려가 내겐 독이었으므로 나는 귀까지 시뻘겋게 달궈진 빨간 얼굴로 의자 다리를 꼭 부여잡은 채 끝끝내 엉덩이를 들지 않았다. 에이 바보, 그깟 춤이 뭐라고. 그럼 네가 나가 추든가. 일행들과 나 사이에 작은 실랑이가 일렁일 무렵 한 동양 여성이 자리에서 벌떡 일어나 무대로 향했다. 우리 엄마 나이쯤 되었을까 싶은 중년의 일본인 여성이었다. 그녀는 달아오를 대로 달아오른 제 흥을 어찌지 못하겠다는 듯 지그시 눈을 감은 채로 무대 위에 오르더니 춤사위인지 허수아비 팔 벌려인지도 모를 몸짓 발짓의 막춤으로 좌중을 압도해나갔다. 아, 저건 또 무슨 시추에이션이란 말인가. 궁둥이라고는 든 게 없이 밋밋한 송판장 같은 그녀의 엉덩이를 쳐다보며 내게는 왜 없을까 싶은 어떤 흥의 발현에 대해 진지한 고민에 빠져들었다. 내 부끄러움의 기원은 완벽하지 않으면 안 하고 만다는 어떤 완벽주의자적 기질에서 기인하는 것인데 뭔가 뒷맛이 썼다. 쓰라고 있는 게 몸인데, 추라고 있는 게 춤인데, 어쩌자고 나는 내 안에 있을지도 모를 에너지를 확인해보지도 않고 틀어막기 바빴단 말인가. 용기가 가상하다, 라는 식의 이죽거림은

그 누구에게도 쓰지 말아야겠구나, 결심이 서는 바로 그
순간이었다.

　　마드리드공항으로 가기 위해 세비야에서 특급열차
AVE를 탔다. 좌석을 확인하고 자리를 찾았을 때 나는 몹시도
당황스러운 상황에 맞닥뜨렸다. 내가 앉기로 한 그 자리의
테이블 위에 책이 한 권 놓여 있던 것이다. 누군가 책을 읽다
잠시 화장실에 갔을 거야, 하고 빈 의자를 앞에 두고 한참을
서서 기다렸다. 책에서 왠지 모를 온기가 느껴지는 듯도
했으니까. 그러나 한참이 지나서도 내 자리에 돌아온 이는
아무도 없었다. 『Una habitación propia』. 표지에 웅크려
앉은 여자의 자세와 표정으로 미루어보건대 버지니아 울프의
『자기만의 방』이 확실해 보였다. 그런데 왜 이 책 주인은
돌아오지 않는 걸까. 임자가 나타날까봐 책은 만지지도 않고
의자에 앉아 가기를 한참, 나는 종착지를 30분 남겨두고서야
책에 손을 댔다. 열차는 덜컹거리고 피로는 몰려오고 눈꺼풀은
내려앉고…… 해석할 수 없어 더 글자 같던 활자들을 밀어내고
대신 행간 사이사이를 내 안에서 새로이 빚어져 나오는 말로
채워나가는 묘한 경험 속에서 그렇게 나는 단숨에 시 한
편을 썼다. 그러고는 지갑 속에서 스페인의 지하철 노선도가
인쇄되어 있는 종이를 꺼내 그 뒷면에 시를 옮겨 적었다.

그 겨울 우리는 스페인의 바르셀로나에 머물렀고 달리의
그림을 보러 산츠에서 피게레스로, 달리의 그림을 보고
피게레스에서 산츠로 달리는 기차 위에 올라타 있었다 서로들
서로를 쳐다보는 데서 말 없었고 서로들 서로에게 말 거는 바
없는 데서 잠 많았으니 기차는 그렇게나 달렸고,

정차한 역에서 꾸역꾸역 밀려든 사람들이 두리번거리며
화장실을 찾을 때 너나없이 Oops! 외마디의 짧은 비명이란
출렁출렁 노란 오줌으로 흘러넘치는 변기를 향한 것이었는데
우리의 언어는 제각각이었고 우리의 눈동자는 더한 컬러풀이라
아무도 항의하지 않았고 아무도 말리지 못했으니 기차는
그렇게나 달렸고,

정차한 역에서 한 흑인 남자와 백인 소녀 커플이 합류했을 때
어깨동무를 한 그들의 입에는 츄파춥스가 물려 있었고 연신
오물거렸는데 그 사탕 껍질을 디자인한 사람이 다름 아닌
달리라는 걸 알고는 있었을까 신문지를 깔았으나 궁둥이에
스며드는 오줌에도 끝끝내 열차 바닥에 앉아 어깨동무를
풀지 않는 백인 소녀의 가느다란 팔뚝에 지워져가는 멍처럼
흐릿하게 남아 있던 글자, 누가 새겨주었나 저 푸른 愛

– 졸시「결국, 에는 愛」전문

사그라다 파밀리아도, 알람브라 궁전도, 람블라스
거리도, 프라도 미술관도 나를 감탄에 겹게는 하였으나
나를 감정에 젖어 시를 쓰게는 하지 못했다. 책을 훔쳐오고
싶었으나 겉표지를 장식하고 있는 여자의 눈빛이 예사롭지
않았다. 그러나 그대로 기차에서 내리기에 뭔가 큰 미련이 남아
부지불식간에 적어낸 나의 시를 다시금 옮겨 적은 종이를 책장
속 책갈피로 끼워넣는 데서 나만의 작은 이벤트를 마감했다.
그때 그 책은 누구의 손에 들려 누구의 집에 가 누구의 책장에
꽂히게 되었을까? 역무원이 설마 쓰레기통에 버리지는
않았겠지, 그래도 책인데. 그런데 너 똥은 눈 거야? 이제 곧
한국이야. 비행기 안에서 일행 중 한 사람이 내게 물었다. 아니,
그런데 한국 내리면 변기 뚫어지게 싸댈 것 같아. 인천공항에
내리자마자 수속을 마치고 가방을 찾은 뒤 우거지를 주로 파는
식당부터 찾아들어갔다. 들깨 한 알 남김없이 후루룩 국물까지
다 마셔버린 뒤 나는 심상치 않은 배 속의 조짐을 따라
화장실로 직행했다. 여기가 한국이구나. 내 똥을 어서 오너라
두 다리 벌려 받아주는 나라가 결국 우리나라로구나. 집으로
돌아오는 길에 성광제약에서 나온 관장약을 스무 개나 사서
들고 왔다. 이것이면 충분하다. 준비는 끝났다. 누구든 어디든
가자고 해라. 나는 지금이라도 바로 떠날 수 있다. 왜? 일단
쌌으니까.

페루: 안데스 마추픽추

모든 것은
태양으로 향한다

—

함 정 임

나는 한때 거기 살았던 자들의 말소리,
발소리, 웃음소리를 듣고 있었다.
그들의 목마름, 그들의 배고픔,
그들의 갈망을 달래주던 시원한 물줄기,
그들의 얼굴을 비췄던 싱그러운 햇빛…….
다들 어디로 간 것일까.
나만 덩그러니 남아 있었다.

북태평양 연안국 한반도에서 남태평양 안데스산맥에 위치한
마추픽추로 가는 길은 단순하지 않다. 북미를 경유하는 노선이
일반적인데, 나는 캐나다 토론토에서 에어캐나다 AC080에
탑승해 페루로 향했다. 토론토공항에서 이륙한 지 네댓
시간쯤 흘렀을까. 비행기가 이제 쿠바로 진입했다는 기장의
안내방송이 나왔다. 쿠바라는 단어가 귀에 닿자, 부에나비스타
소셜클럽의 경쾌하면서도 애잔한 라틴 리듬과 카리브해
연안의 도시 아바나의 흔들리는 풍광이 눈앞에 떠올랐다.
그 속에 자크 레니에라는 마흔일곱 살의 사내와 마지막으로
시에라마드라에서 함께 임무를 수행했다는 카스트로라는
혁명가의 이름도 명멸했다. 이제 비행기는 중남미를 통과해
페루로 진입할 터였다. 얼마나 많은 문학도가 새들이 먼바다를
날아와 생을 마감한다는 세상 끝 풍경을 상상하며 페루를
꿈꾸었던가.

　　　새들이 왜 먼바다의 섬들을 떠나 리마에서 북쪽으로 십
　　　킬로미터나 떨어져 있는 이 해변에 와서 죽는지 아무도 그에게
　　　설명해주지 못했다. 새들은 더 남쪽도 더 북쪽도 아닌, 길이
　　　삼 킬로미터의 바로 이곳 좁은 모래사장 위에 떨어졌다.
　　　새들에게는 이곳이 믿는 이들이 영혼을 반환하러 간다는
　　　인도의 성지 바라나시 같은 곳일 수도 있었다. 새들은 진짜
　　　비상을 위해 이곳으로 와서 자신들의 몸뚱이를 던져버리는

것일까. 피가 식기 시작해 이곳까지 날아올 힘밖에 남아 있지 않게 되면, 차갑고 헐벗은 바위뿐인 조분석 섬을 떠나 부드럽고 따뜻한 모래가 있는 이곳을 향해 곧장 날아오는 것인지도 몰랐다.

페루는 카리브해 일대의 섬을 포함한 라틴아메리카 중에서 브라질과 아르헨티나에 이어 세 번째로 큰 영토를 가진 나라로서 면적은 한반도의 여섯 배 크기이다. 안데스산맥 서쪽 리마를 중심으로 남쪽 2300킬로미터에 이르는 남태평양 연안 코스타 지역은 뿌윰한 해안사막기후이고, 16세기 스페인 침략 이전까지 거대한 제국을 형성했던 잉카제국의 수도 쿠스코와 마추픽추 일대는 3400미터에 가까운 고산지대이다. 그리고 안데스 동쪽 사면 셀바 지역은 아마존 밀림으로 알려져 있다. 나는 수도 리마를 중심으로 동쪽(쿠스코, 마추픽추)과 남쪽(나스카)을 잇는 삼각형의 동선(動線)을 따라갈 것이었다. 새들의 천국 바예스타, 세계적인 지상화 유적지 나스카, 수도 리마, 그리고 마지막으로 옛 잉카제국의 수도 쿠스코와 그들의 공중도시 마추픽추 순이었다. 페루 여행은 칠월이 최적기라고 했지만, 지형의 고저와 위치에 따라 하루에도 여러 차례 일기가 달라지는 것으로 알려져 있었다.

자정 넘어 입국수속을 마치고 광장에서 대기 중인 버스에 올랐다. 페루 여행의 길잡이가 되어 줄 P가 뒤따라

페루 안데스 마추픽추

올라와 반갑게 인사를 했다. 순박한 얼굴의 그는 컴컴한 전등
불빛 때문인지 목소리와 안색이 몹시 지쳐 보였다. 버스가
호텔로 이동하기 전 그는 페루에서 주의해야 할 몇 가지를
당부했다. 무엇보다 혼자 호텔 밖으로 나가서 돌아다니지 말
것. 페루에서 소매치기 강탈 사건은 비일비재, 무비자국으로
총기 소지가 자유로운 나라이기 때문에, 또 가톨릭국가라
사형제도가 없어 총살 사건이 종종 일어나기 때문에, 운이
나쁘면 어이없이 목숨을 잃을 수 있다는 것. 특히 한국인을
대상으로 삼는 무장강도가 있다는 것. 실례로 성공한 한국인
사업가가 매년 한 명꼴로 그들의 습격으로 사망했다는 것.
북미를 거쳐 스물네 시간 가까이 날아와 남미로 진입하자마자
듣기에는 험한 내용의 안내였지만, 그것은 여행자의 안전을
최우선으로 하는 그의 제일 중요한 의무로 누구이든 페루에
온 이상 페루식 위험에 대처하는 법을 고취시켜야 한다는
절박함이라고 이해할 수밖에 없었다. P를 짓누르고 있는
절박함을 뒤집으면, 희망보다는 절망의 끝에 다다른 페루인의
몸짓일 것이다. 한국과 시차는 열네 시간, 시계바늘을
바꾸어놓기도 전에, 제대로 페루를 밟아보기도 전에 폐부
깊숙이 알 수 없는 슬픔이 차올랐다. 밤이라 어디가 바다인지,
하늘인지 분간이 안 되었다. 남미 비행노선 중 리마선은
아르헨티나행이나 브라질행의 경유지라 자정에서 새벽 한 시
사이에 이착륙이 이루어져 아쉽게도 리마에 대한 첫 인상은

날이 밝을 때까지 유보할 수밖에 없었다.

　　마지막 탑승자가 자리에 앉자, P가 출발을 알렸고,
동시에 버스 안의 불이 꺼졌다. 관광객을 노리는 무장강도의
습격을 피하기 위해 페루에서는 야간이동 시 소등이
원칙이라고 했다. 캄캄한 버스 안, 오랜 비행에 지친
동행자들은 잠이 들고, 나는 자꾸 내리감기는 눈꺼풀을
치켜뜨며 창밖을 응시했다. 버스는 공항로를 벗어나자 주택가
골목을 구불구불 우회했다. 어두운 커튼 틈새로 바라보니,
도로마다 공사가 진행 중인 것이 눈에 잡혔다. 삼십 년 전
유년 시절에 보았던 서울 외곽의 풍경을 연상시키는 캄캄한
길과 낮고 허름한 집들. 비몽사몽 낯선 어둠 속을 더듬는 동안
버스는 사십여 분을 달린 끝에 리마 신도시 미라플로레스
구역의 미라마르 호텔 앞에 정차했다.

　　두세 시간 눈을 붙이는 둥 마는 둥, 모닝콜 소리에 눈을
비비고 창가로 달려갔다. 새벽 5시 30분. 흐린 하늘 아래
리마가 어슴푸레한 안개 속에 깨어나고 있었다. 그제야 나는
페루에 와 있음을 실감하기 시작했다. 로맹 가리의「새들은
페루에 가서 죽다」의 무대는 여기에서 얼마나 걸릴까. 소설에
따르면 카페는 리마에서 북쪽으로 10킬로미터 떨어진 해안에
있었다. 사실 그곳은 페루에 가기로 결심했을 때, 제일 먼저
가보고 싶은 현장이었다. 모래 언덕에 말뚝을 박고 세운 카페,
새똥으로 이루어진 섬들 앞에 서면 어떤 느낌일까.

그는 테라스로 나와 다시 고독에 잠겼다. 물가로 밀려온 고래의 잔해, 사람의 발자국, 조분석(鳥糞石)으로 이루어진 섬들이 하늘과 흰빛을 다투고 있는 먼바다에 고깃배 같은 것들이 이따금 새롭게 눈에 띌 뿐, 모래언덕, 바다, 모래 위에 죽어 있는 수많은 새들, 배 한 척, 녹슨 그물은 언제나 똑같았다. 카페는 모래언덕 한가운데 말뚝을 박고 세워져 있었다.

소설의 공간은 전적으로 인물의 공간이다. 소설의 궁극적인 지향점은 그 공간에 어떤 인간이 어떤 표정으로 살아가고 있는지가 관건이다. 로맹 가리라는 프랑스 작가는 어떻게 페루라는 공간을 소설 속에 끌어왔을까. 그가 이 작품을 쓴 것은 프랑스의 총영사이자, 유럽 대사라는 외교관으로 전 세계를 돌았던 그가 자리에서 물러난 1961년 이후이다. 작중 인물인 레니에에게 로맹 가리의 아우라를 느끼는 것은 무리가 아니다. 레니에는 스페인과 쿠바의 혁명 현장에서 생을 보내고 은퇴한 혁명가. 그의 수중에는 늘 권총이 놓여 있다. 무섭게 타올랐던 혁명의 열기와 변질되기 마련인 인간의 열정과 환멸을 모두 체험하고 체념한 그의 앞에 새들이 날아와 떼 지어 죽는다. 새들이 날이면 날마다 날아와 모래밭에 떨어져 죽는 연유를 아무도 알지 못한다. 그가 바라보는 바닷가에는 새똥화석(조분석)과 마지막 죽을 곳을 찾아와 영혼을 부려놓는 성소(聖所)처럼 날개를 퍼덕거리다 생을 마감하는 새들로 자욱하다. 레니에는 그저 묵묵히 해가 지고 밤이 오는 것처럼 새들의 추락과 죽음을 바라볼 뿐이다. 그러던 어느 날 매일 되풀이되는 이 풍경을 뒤흔드는 사건이 일어난다. 떼 지어 날아와 죽어가는 새들의 물결 속에 젊은 여자가 나타난 것이다.

에메랄드빛 원피스에 초록색 스카프를 손에 들고, 고개를 뒤로 젖혀 맨 어깨 위에 머리카락을 늘어뜨린 채 물속에 잠긴 스카프를 끌며 암초를 향해 걷고 있었다. 바다는 고양이처럼 묵직하면서도 유연한 동작으로 서서히 몸을 일으키고 있었다. 파도가 한번 솟구쳐 오르면 끝장이리라.

여자는 누구인가. 레니에는 우연히 모래 언덕 위 카페테라스에서 그녀를 발견하고 구하지만 그녀가 누구인지는 끝내 알지 못한다. 리마의 카니발에서 강도에게 납치되어 몹쓸 짓을 당한 뒤 사나운 물결 속에 몸을 던지려 한 것만을 알 뿐이다. 레니에에게 그녀는 날이면 날마다 날아와 모래밭에 떨어져 죽는 새들 중 가장 아름다운 한 마리 새이다. 이름도, 나이도, 출신도 모르지만 은퇴한 혁명가는 자기의 보호막에 날아든 새처럼 가냘프게 파닥이는 그녀를 보살피면서 한순간 '세상의 끝에 자신과 머물게 함으로써, 종착점에 이른 자신의 삶을 성공적인 것으로 만들고 싶다'는 희망의 유혹에 몸을 떤다. 희망은 곧 사나운 파도에 휩쓸려가고, 그녀는 뒤따라온

늙은 영국인 남편과 그 일행에 이끌려 해안 절벽 너머로
떠나버리고 만다. 그는 어제처럼, 또 오늘처럼 밀려오고
밀려가는 물결을 바라볼 뿐이다.

　　　과연 소설에서처럼 모래 절벽 아래 좁은 모래사장이
펼쳐져 있었고, 그 옆으로 좁은 길이 뻗어 있었다. '모래언덕
한가운데 말뚝을 박고 세워져' 있다는 레니에의 카페를 얼른
눈으로 더듬었다. 해벽 위에 비죽비죽 솟구친 빌딩숲과
절벽 아래 무질서하게 지어진 건물 몇 채가 눈에 떠었다.
그중 카페는 찾을 수 없었다. 바다 위를 비상하는 새들도,
모래밭으로 추락하는 새들도, 에메랄드빛 원피스에 초록색
스카프를 끌며 바다로 걸어 들어가던 여자도, 우스꽝스러운
모습으로 자갈밭에 널브러져 있던 리마 사육제의 광대들도
보이지 않았다. 해안 절벽 위에서 산뜻하게 떨어져내리는
색색의 패러글라이더와 파도치는 물결을 물개처럼 타고 노는
소년들의 서핑 풍경이 펼쳐져 있을 뿐이었다.

　　　모래 자갈밭으로 다가가자 파도가 한차례 휘몰아쳤다.
해변 위에는 최신식 카페촌과 대형 쇼핑센터인 라르코마르가
들어서 있었다. 로맹 가리가 이곳에 온 것은 육십여 년 전,
유럽 대사로 세상을 떠돌던 시절이었을 것이다. 그때, 이곳에는
아마 소설에서처럼 카페 한 채가 세워져 있었을 것이다. 문득,
뒤따라 걸어오던 P를 부르기 위해 뒤돌아섰다. 그의 추측이
옳았다는 생각이 들었다. 그는 파도를 타기 위해 준비 중인

자갈밭의 소년들을 바라보며 웃고 있었다. 새들이 먼바다를 떠나 왜 이곳에 와서 죽는지 아무도 설명해주지 못했다. 그 이유를 레니에는 그녀가 말해줄 것으로 믿었을까. 그는 그녀의 뒤를 따라 영원히 카페에서 사라졌지만, 세상의 끝에서 절망을 희망으로 건져올리는 사람도 있었다. 나는 하얗게 포말을 일으키며 부딪치는 파도 속에 모습이 완전히 사라지기 직전 모래 언덕 꼭대기에서 걸음을 멈추고 뒤를 돌아 그를 찾던 그녀처럼 그 자리에 잠시 더 서 있었다. 고독의 아홉 번째 물결이 지나간 자리, 그는 어디에도 없었다.

페루의 모든 것은 태양으로 향한다. 콘도르라는 이름의 비행기에서 내리자 정오의 태양이 빨간 기와지붕 위로 하얗게 부서지고 있었다. 리마에서 남쪽 해안가 나스카로 이어지던 남태평양 연안의 뿌윰했던 대기가 안데스 고산지대에 이르니 말끔히 걷히고 구름 한 점 없는 파란 하늘이 펼쳐졌다. 공항을 빠져나와 몇 걸음 햇빛 속을 걸었다. 고산증에 대비해 리마공항에서 비행기에 올라타자마자 삼킨 작은 알약의 효과 때문일까. 빛의 걸음걸이처럼 중력이 느껴지지 않았다. 마치 거대한 망각의 빛 속에 빠져든 듯, 나는 어디에서 왔는지, 이후 어디로 갈 것인지, 어떤 생각도 작동하지 않았다. 안데스 산중 고지(高地)의 강렬한 태양빛만이 정수리 위로 거침없이 내리쬐었다. 누군가 내 팔을 잡아끌지 않았다면 나는 그 자리에

꼼짝 못하고 붙잡혀 서 있었을 것이다. 광장에 대기 중이던 차에 올랐다. 한낮인데도 버스 안이 캄캄했다. 빛을 차단하기 위해 창마다 두터운 커튼이 둘러쳐 있었다. 나는 맹렬하게 쏟아져 들어오는 빛에 맞서 커튼 틈새로 방금 지나온 광장을 내다보았다. 그러니까 이곳이 태양신을 숭배하는 잉카인의 황금빛 고도(古都), 그들 언어인 케추아어로 '세계의 배꼽'이라 부르는, 해발 3399미터의 고지에 위치한 쿠스코였다.

공항을 벗어나자 곧바로 시내였다. 리마에서 버스로는 스무 시간을 꼬박 바쳐 안데스 지대를 굽이굽이 돌아와야 하지만, 비행기로는 한 시간 반 정도가 소요되었다. 차는 잉카의 정복왕 빠차꾸텍 동상을 지나 십 분도 채 되지 않아 산토도밍고 교회 앞에 도착했다. 시내는 방사선으로 형성되어 있었고, 너머로 병풍처럼 산이 둘러쳐져 있었다. 교회보다 높은 건물이 눈에 띠지 않았다. 집들은 햇빛이 강한 지역 특유의 빨간 기와지붕과 검붉은 돌벽으로 지어져 있었다. 칠월이지만 남반구의 계절로는 늦가을에서 초겨울이었다. 교회 입구의 잔디는 푸릇푸릇했지만 초목이 울창하지 않아 멀리 산구릉의 집들까지 선명하게 눈에 잡혔다. 민둥산 언덕에 글자가 새겨져 있었다. 엘페루(El Peru)! 그렇다. 여기는 페루, 땅에 무엇인가를 새기기 좋아하는 잉카인이 사는 곳. 지난 며칠간 나를 사로잡았던 지상화 유적지 나스카 라인의 수많은 형상이 주마등처럼 머릿속을 스치고 지나갔다.

쿠스코는 마추픽추를 꿈꾸는 여행자의 관문이다.
마추픽추에 오르기 위해서는 우선 쿠스코를 중심으로 한
해발 3000미터 내외의 고산지대 풍토에 적응해야 한다.
숙소가 있는 우르밤바 계곡으로 내려가기 전에 쿠스코 시내를
돌아보았다. 13세기에 형성되어 16세기에 남미 잉카족을
대표하는 제국으로 절정을 이루었던 이곳은 스페인 침략자가
들이닥치기 전까지 신전과 궁전을 황금으로 장식한 아름다운
도시였다. 그런데 잉카인이 힘과 영원을 염원하는 황금은
아이러니하게도 재앙을 불러오는 결과를 초래했다. 황금을
찾아 한 손엔 십자가, 다른 한 손에 총을 든 스페인 침략자에게
무력하게 도시를 빼앗겼던 것이다. 쿠스코의 중심을 차지하고
있는 관광명소들, 바로크식으로 웅장하게 지어진 산토도밍고
교회와 아르마스 광장의 대성당과 라콤파냐 예수회성당 등은
모두 스페인 식민지 시대의 유물이다. 산토도밍고 교회는 원래
잉카인의 혼인 태양 신전이 있던 곳(코리칸차)이고, 대성당 역시
잉카인의 신전이었으며, 예수회성당은 원래 잉카 왕의 궁전을
토대로 한 건축물이다.

하늘에서 내려다보면 쿠스코는 거대한 퓨마의 형상을
띤다. 잉카인들에 따르면, 하늘은 매가 지배하고, 땅은 퓨마가
지배한다. 퓨마의 허리에 해당되는 코리칸차(현 산토도밍고
교회)는 잉카인에게 가장 중요한 장소로, 태양의 주신을
모시는 성소(聖所)이다. 그러나 옛 황금 궁전은 스페인의

지배를 받으면서 스페인 양식으로 탈바꿈되었다. 직선과 곡선의 단아함이 돋보이는 산토도밍고 교회를 둘러보는 것은 이면에 코리칸차라는 잉카인의 숨은 신과 혼을 속으로 더듬는 기이한 순례였다. 페루는 무기 소지가 허용된 나라. 종종 관광객의 이동버스가 게릴라의 습격을 받기도 하고, 아르마스 광장에서는 소매치기 사건이 빈발한다. 여행의 본질인 자유로운 떠돌기와 감상이 제한을 받을 수밖에 없다. 광장과 길목마다 민속옷을 차려 입고 조금만이라도 사진에 찍히면 악착같이 손을 내미는 어린 잉카 소녀들. 비행기에서 내려 공항 광장을 걸어나올 때 느꼈던 무중력 상태가 서서히 풀린 탓인지, 얼핏 단단하고 웅숭깊어 보이는 쿠스코의 모든 것이 나를 서글프게 했다.

성스러운 계곡이라는 뜻의 우르밤바로 가는 길, 어둠이 내렸다. 굽이굽이 산길을 돌아 내려갔고, 숨바꼭질하듯 산골 마을이 나타났다 사라졌다. 드문드문 집집마다 불빛이 반짝였고, 이내 멀어지는 불빛을 바라보며 페루에 온 지 며칠이나 되었나 헤아려보았다. 우르밤바에서 밤을 보내고 날이 밝으면 마추픽추로 향할 것이었다. 숙소에 다다르자 사방이 분간이 안 될 정도로 어두웠다. 조명을 받은 벽에 붉은색으로 산아우구스틴 호텔이라고 씌어 있었다. 옛 수녀원을 개조한 곳이었다. 이곳에서 마추픽추 등반 전후, 이틀을 묵을 예정이었다. 입구로 들어서자 뜰에 레몬나무가 반기듯 서 있었다. 내가 묵을 방은 안채, 뜰을 가운데 두고 디귿 자 형태로 지어진 이층 건물의 이층에 있었다. 여장을 풀고, 정원을 가로질러 식당으로 들어가니 저녁 식사로 페루 전통음식 뷔페가 준비되어 있었다. 안데스 고지 계곡에서의 첫밤을 위해, 쿠스코 특산 맥주 쿠스케냐로 건배를 했다. 여느 맥주와는 다른, 톡 쏘는 맛이 독특했다. 저녁 식사를 마치고 레몬나무가 서 있는 입구 뜰로 나왔다. 문을 나서자 형체를 분간할 수 없는 산이 거리를 두고 병풍처럼 버티고 있었다. 그 위 까만 밤하늘에 별들이 쏟아질 듯 와글와글했다. 누군가 "남십자성이다!"라고 외쳤다. 내가 살고 있는 북반구에서는 보이지 않고, 항해 시대 남반구 바다를 건너던 서구인에게 중요한 표적 역할을 했던 의미심장한 별. 오후에 코리칸차 벽 한편에서 본, 잉카인이 그려놓았던 별 무리가 떠올랐다. 일행인 J가 별 무리 앞에 오래 서 있었고, 나는 J가 지나가자 사진을 한 컷 찍었다. 그때 렌즈에 포착된 별 무리를 우르밤바 계곡에서 확인하고 있는 것이었다.

　　뜻밖에 남십자성을 보았기 때문일까. 상쾌한 기분으로 잠자리에 들었다. 고산 증세가 느껴지면 마시라고 따뜻한 마테차가 방으로 배달되었다. 새벽에 무리 없이 일어났다. 마추픽추행 열차에 오르기 위해 한 시간여 버스를 타고 우르밤바 역으로 향했다. 역에 도착하자 마추픽추행 파란색 기차가 기다리고 있었다. 역 입구에는 간이 카페와 기념품점이

즐비했다. 태양이 높이 떠올랐고, 빛을 등지고 키 작은 아낙이
마을에서부터 걸어왔다. 점점 가까워져서 바라보니, 그녀의
머리는 색색의 모자가 겹으로 씌워져 있었다. 계곡마다
숙소에서 밤을 보낸 여행자들이 열차를 타기 위해 속속
승강장에 모여들었다. 세계 각지에서 온 낯선 얼굴이었지만,
그 순간 마추픽추행 열차를 함께 탄다는 사실로 설레면서도
친숙한 표정이었다. 머리 위에 산처럼 쌓아올린 모자 장수
여인을 남겨놓고 기차에 올라탔다. 목적지는 오얀따이땀보를
거쳐 아구아스 깔리엔떼스라는 작은 역. 산 중간중간 트레일
코스가 보였다. 산과 산 사이에 난 철길로 한 시간 반여를 달린
끝에 마추픽추 역에 닿았다. 열차에서 내리자 공항에서처럼
햇빛이 와락 쏟아지며 반겼다. 잉카인이 환영하듯 숙소 피켓을
들고 손님을 마중 나와 있었다. 승객들이 모두 하차한 뒤
기차는 매캐한 연기를 내뿜으며 마을 뒤로 천천히 사라졌다.

　　　마추픽추는 케추아어로 '늙은 봉우리'라는 뜻이다.
해발 2400미터에 세워진 잉카제국의 옛 도시로, 아랫마을에서
보면 구름에 가려 보이지 않기 때문에 공중에 떠 있는 도시로
알려져 있기도 하다. 이 공중도시를 둘러보기 위해서는 한 차례
더 차를 타야 하는데, 등산객과 트레킹족은 직접 오르기도
한다. 굽이굽이 곡예운전을 하며 올라가면서 운전기사가 이
길에 대한 에피소드를 소개했다. 일명 굿바이 보이. 한 굽이
돌 때마다 소년이 나타나 '굿바이' 인사를 건네는데, 버스가

다 내려오면 어느새 소년이 먼저 내려와 손을 흔들며 굿바이
인사를 보낸다는 것. 그러면 여행자는 소년의 빠른 걸음에
대한 감탄과 동시에 솟구치는 측은지심으로 달러를 준다는 것.
버스보다 빠르게 마추픽추를 내려오는 이들 굿바이 소년에
대한 애틋한 일화를 뒤로하고, 마침내 차에서 내려 마추픽추
입구에 이르렀다. 하늘에 구름이 많았다. 다행히 먹구름은
아니었다. 마추픽추 지도를 받아 한 걸음 내딛었다.

　　　마추픽추 정상에 섰다. 일주일, 아니 열흘을 바쳐
마추픽추에 간다고 해도, 모두가 벼랑 끝에 숨은 듯 떠 있는
불가사의한 광경을 볼 수 있는 것은 아니다. 언제든 구름의
움직임을 살펴야 한다. 마추픽추를 한눈에 내려다볼 수
있는 곳은 정상에 있는 망지기의 집이다. 구름은 정상으로
올라올수록 하늘을 가리더니 바로 앞에 마주 보고 있는
와이나픽추의 허리를 싹둑 잘라먹고 있었다. 구름, 아니 고산증
탓이었을까. 북태평양을 건너 적도를 지나 일주일을 바쳐
그곳에 이르렀는데, 도무지 먹먹한 마음뿐 한 발짝도 움직일
수 없었다. 그 순간의 내 눈, 내 마음을 무엇이라 표현할 수
있을까. 경이로웠던가? 아니다. 감격스러웠던가? 그것도
아니다. 조금 슬펐던가? 오오, 그래서 조금 울고 싶었던가? 내
눈은 치솟은 절경 속에 처연히 비어 있는 신록의 폐허를 더듬고
있을 뿐이었다. 나는 한때 거기 살았던 자들의 말소리, 발소리,
웃음소리를 듣고 있었다. 그들의 목마름, 그들의 배고픔,

그들의 갈망을 달래주던 시원한 물줄기를 보고 있었다. 그들의 얼굴을 비췄던 싱그러운 햇빛을 느끼고 있었다. 다들 어디로 간 것일까. 사람들은 망지기의 집을 떠나 여기저기 흩어져 있었고, 마당에는 나만 덩그러니 남아 있었다.

사방을 둘러보았다. 첩첩산중 봉우리에 가려 하늘이 손바닥만 하게 보였다. 구름이 동쪽으로 밀려가면서 파란 하늘이 열렸다. 구름에 가렸던 해가 서서히 본 모습을 드러내었다. '젊은 봉우리'라는 뜻의 와이나픽추가 건너편에서 나를 바라보고 있었다. 발아래 잉카의 신비로운 계획도시 유적이 펼쳐져 있었다. 잉카인은 해발 2400미터의 높은 곳에 왜, 그리고 어떻게 돌을 운반해 도시를 건설할 생각을 했을까. 눈앞에 두고도 실감이 나지 않았다. 미국의 역사학자 빙엄이 발견한 것은 1911년. 명확한 건설 시기는 알 수 없지만 15세기 초반, 스페인 식민지 이전 시대에 완성되었다고 추정된다. 결국 마추픽추는 사백 년 동안 주위의 높은 산봉우리에 가려져 세상에 없는 존재였다. 나는 입구에서 받아든 지도에 표시된 대로 제일 먼저 도시 남쪽에 있는 태양 신전을 찾았다. 그리고 독수리 형상의 콘도르 신전과 우물, 수로 등의 위치를 하나하나 살펴보았다. 사람들은 콘도르 신전과 태양 신전을 지나가거나 빙 둘러 우물에 모여 있었다. 한달음에 달려 내려가려는 발걸음을 붙잡았다. 무릎을 꿇고 신발끈을 다시 묶었다. 그리고 한 발 한 발 폐허 속으로 내려갔다.

가장 좋은 것은 뒤에 온다. 이 말은 페루에 가기 전까지만 성립된다. 그 사실을 깨달은 것은 마추픽추 정상에 올라서였다. 마추픽추에 가려거든 가장 뒤에 가라. 그렇지 않으면 그 어디를 가도 그 이하를 볼 것이다. 내게 가장 좋은 것이란 자연이 펼치는 경이로운 광경이 아니다. 보잘것없는 인간이 한계를 무릅쓰고 거기에 무엇인가를 도모했던 흔적이다. 6000미터급 고봉준령으로 둘러싸인 성스러운 계곡을 지나 2800미터급 봉우리 사이에 숨은 듯 공중에 떠 있는 옛 잉카인의 거처, 마추픽추가 바로 그런 곳이다.

구름은 와이나픽추의 허리를 벗어나 서쪽으로 흘러가고 있었다. 정오의 태양이 번쩍이고 있었다. 태양을 향해, 아니 폐허를 향해 나도 모르게 중얼거렸다. 가장 좋은 것은 뒤에 온다. 비로소 나는 어디를 가든, 무엇을 보든 소박해질 것이고, 그리하여 자유로워질 것이었다.

모든 것은 태양으로 향한다

분홍색 참외를 상상한다
콧등이 환해진다

어수웅(『조선일보』 문화부 기자)

페루 마추픽추를 향해 걷는 잉카 트레일을 다녀온 적이 있다. 앞사람 정수리와 궁둥이만 쳐다보고 올라갈 만큼 세속화된 마추픽추 셔틀버스 관광과 달리, 최고 높이 4200미터, 총 거리 43킬로미터의 안데스 산맥을 온전히 걸어서 올라가는 코스이다. 훼손과 오염을 막기 위해 하루 200명 이상은 들어갈 수도 없고, 마치 히말라야 트레킹처럼 전문 가이드, 셰프, 포터와 함께 팀을 꾸려야 한다.

트레일 이틀째 새벽 5시였다. 이번 등반을 책임진 가이드 에드거는 모두를 깨워 한 자리에 불러 모았다. 우리는 나흘 동안 한 가족이며, 가족은 서로 인사를 나눠야 한다는 것이었다. 현지 스태프 중 대장 격인 '셰프'가 먼저 나섰다. 주름 깊게 팬 사내는 잉카 원주민 언어인 케추아어로 자신을 소개했다. "내 이름은 마르셀리노. 쉰네 살이오. 요 앞 동네 깔까에서 왔소. 아들 네 명을 낳았소. 평소에는 농사를 짓소."

흙먼지 냄새가 났다.

두 번째 사내가 나섰다. "내 이름은 윌프레드. 나이는 마흔이오. 이 일 한 지 십 년 됐소. 같은 마을에서 왔소. 자식은 다섯 명을 낳았고, 농사를 짓소."

인사법은 한결같았다. 간결했고, 그래서 강력했다. 자신을 소개할 때마다 번들거리는 언어로 부풀리고 윤색하는 현대인의 '매너'는 거기 없었다. 과장과 미화에 익숙해진 채, 얼마나 익숙해졌는지조차 잘 모르던 나 자신을 그 순간 깨달았다면 그조차도 과장일까.

『작가가 사랑한 여행』을 따라 읽으며 문득 안데스 산맥의 그날 새벽이 떠올랐다.

『조선일보』의 여행 섹션인 '주말매거진'과 책을 소개하는 'Books'의 팀장을 담당하면서, 요즘 여행 트렌드와 여행 서적에 대한 아쉬움이 있었다. 그렇게나 여행에 열광하고 탐닉하면서도, 혹시 우리는 다들 여행의 정의를 여행 전문 작가나 파워블로거의 여정을 확인하는 소극적 행위로 좁히고 있는 것은 아닐까. 그들이 찍은 풍경과 그들이 먼저 가 본 맛집을 찾아가지 못하면 불안해하는 것은 아닐까. 내일 당장 공항으로 떠나겠다고 외치면서도 실제로 낯선 길을 만나는 건 무서워하고 있는 게 아닐까.

소설가 백영옥이 교토 기행에서도 인용하고 있지만, 카트린 파시히의 『여행의 기술』에는 이런 대목이 있다.

"길을 잃은 사람은 자신이 알지 못하는 주변 지역을 확대경으로 살피듯, 세밀화를 보듯 관찰하게 된다. 이렇게 되면 황량한 지역에서도 흥미로운 것을 발견하게 된다. 안개 속에서 길을 잃은 사람이라면 미끄러지지 않기 위해 바위의 상태를 자세히 살피며 길을 가다가 바위 틈에 숨은 바위너구리를 발견하게 될지도 모를 일이다. 지도로 무장하면 여행자의 세계는 축소된다."

지도와 스마트폰을 잠시 괄호 속에 넣어둔 채로, 확대경과

세밀화로 대표되는 여행의 즐거움이 이 책에 있다. 하노이
골목길의 앉은뱅이 의자에 앉아 다른 우주, 다른 차원의 쌀국수를
끼니마다 탐닉하고, 멋내다 얼어죽어도 되겠다는 멋부림이
아니라 단지 숨 좀 편하게 쉬겠다는 방편으로 레깅스를 입을
수밖에 없었던 바르셀로나의 예외적 겨울을 상상해 보시기를.

한은형, 조경란, 이신조, 박후기, 백영옥, 황희연, 김경주,
심윤경, 김민정, 함정임.

모두 열 명의 작가가 남아프리카공화국 더반의 사바나
초원부터 일본 홋카이도의 구름 위를 걷는 운카이 테라스까지
세계 구석구석 방방곡곡을 자신만의 방식으로 다녀왔다.
소설가 한은형은 홋카이도의 여름을 이렇게 묘사한다. "세상의
어딘가에는 분홍 참외가 자라고 있고, 그걸 가꾸는 손이 있고, 그
참외를 깎는 여자가 있다는 생각만으로 콧등이 환해집니다."

그렇다. 빨간 속살에 검정 수박씨가 종(縱)으로 박혀 있는
수박이 있는 홋카이도라면, 노랑 수박이나 보라 수박도 그리고
분홍 참외도 가능하지 않을까. 실제로 분홍색 참외가 등장하는
네루다의 시에는 이런 구절이 있다. "아름다운 건 갑절로
아름답고, 좋은 건 두 배로 좋다."

이들의 여행을 읽는 것만으로도 벌써 떠나고 싶어진다.
콧등이 환해진다. 당신도 그럴 수 있기를.

인용 도서

1. 한은형
니코스 카잔차키스, 『일본·중국 기행』,
이종인 옮김, 열린책들, 2008.

2. 조경란
앨런 라이트먼, 『아인슈타인의 꿈』,
권루시안 옮김, 다산책방, 2009.

3. 이신조
크리스토프 바타유, 『다다를 수 없는 나라』,
김화영 옮김, 문학동네, 2006.

4. 백영옥
미시마 유키오, 『금각사』,
허호 옮김, 웅진지식하우스, 2002.
카트린 파시허·알렉스 숄츠,
『여행의 기술』, 이미선 옮김, 김영사, 2011.

5. 함정임
로맹 가리, 『새들은 페루에 가서 죽다』,
김남주 옮김, 문학동네, 2007.

작가가 사랑한 여행

초판 1쇄 인쇄 2015년 11월 16일
초판 1쇄 발행 2015년 11월 20일

지은이 한은형 조경란 이신조 박후기 백영옥 황희연 김경주 심윤경 김민정 함정임

발행인 정중모
발행처 도서출판 열림원
출판등록 1980년 5월 19일 제406-2000-000204호
주소 경기도 파주시 회동길 121 (문발동)

전화 031-955-0700 팩스 031-955-0661~2
홈페이지 www.yolimwon.com
전자우편 editor@yolimwon.com
페이스북 /yolimwon

기획 편집 박은경 임자영 김정래 심소영 이지연
제작 관리 박지희 김은성 윤준수 조아라

홍보 마케팅 김경훈 박치우 김계향
인쇄 제본 영신사

ISBN 978-89-7063-951-2 03810

만든 이들 _ 편집 임자영 이지연   디자인 윤대한(표지) 이명옥(본문)